U0561529

谨以此书献给天堂里的母亲

生别离

陪伴母亲日记

聂晓华 著

GUANGXI NORMAL UNIVERSITY PRESS
广西师范大学出版社
·桂林·

生别离：陪伴母亲日记
SHENG BIE LI：PEIBAN MUQIN RIJI

图书在版编目（CIP）数据

生别离：陪伴母亲日记 / 聂晓华著. —桂林：广西师范大学出版社，2019.5（2019.9 重印）
ISBN 978-7-5598-1739-6

Ⅰ. ①生… Ⅱ. ①聂… Ⅲ. ①日记－中国－当代 Ⅳ. ①I267.5

中国版本图书馆 CIP 数据核字（2019）第 071036 号

广西师范大学出版社出版发行
（广西桂林市五里店路 9 号 邮政编码：541004
网址：http://www.bbtpress.com）
出版人：张艺兵
全国新华书店经销
湛江南华印务有限公司印刷
（广东省湛江市霞山区绿塘路 61 号 邮政编码：524002）
开本：880 mm × 1 230 mm 1/32
印张：9.5 字数：172 千字
2019 年 5 月第 1 版 2019 年 9 月第 2 次印刷
印数：8 001~13 000 册 定价：46.00 元

序一

王克明

朋友带他母亲来我新居，老人坐在树荫下看草地、藤萝，笑容可掬，扭过头来高兴地对我说："我小时候就住在这儿。"那是我第一次面对老年痴呆病患者。那时以为，这个病只是让人忘记痛苦，剩下高兴。

读了晓华的"陪伴母亲日记"，才知道那后面还有漫长病程，让人忘记以前，也忘记现在，让人忘记痛苦，也忘记高兴。

忘记了所有，就是忘掉了生命。记得米兰·昆德拉说过，遗忘是死亡的一种形式，因为死亡就是让人没有了过去。从这样的意义看，老年痴呆简直就是死亡的一种形式。苏格拉底被杀前说，他终于能摆脱"愚蠢的肉体"，灵魂不受阻碍了。他认知的死亡，是灵魂离去。那么老年痴呆呢？面对面和母亲说话，尽心意对母亲照料，母亲却认知已失，灵魂远走，子女面对的，是生呢，还是死？这样的死亡来得如此缓慢，长夜悠悠，出入于阴阳两界，分不清生死边界。

读这本书时，我为什么经常泪眼蒙眬？因为作者记录的，是漫长的生离死别。

伴随着漫长的情感煎熬，是漫长的照料责任。我们的文化铺就了“尽孝”的长路，一代一代子女由此走过人生，到终点坐看后人的脚步。

曾经的家天下时代，社会的构成成分是家庭，不是个人。家是每一个人的天下，每个人生都回归到家。一代一代以家为单位，共同农耕自给自足，一起面对危机、疾病和老龄，用内部忠诚的家庭关系支撑宅院的天空。

家国同构的时候，“孝”也是皇权稳定的要素。“求忠臣必于孝子之门”，价值取向是忠君，让大家“一腔鲜血报皇朝”。稳定封闭的农耕秩序，把社会、经济、文化、政治混成一团，从中提炼出“孝”的道德价值，搞成行为规范。在固化的传统观念里，它达到了天经地义的高度，延伸成一条贯朝穿代、纫忧缀乐的“尽孝”古道。

经过灭孝存忠的百年曲折，中国人对“孝”有了比较清醒的认识。作者在尽心尽力“尽孝”的同时，更愿意从本能、亲情和责任的角度看待自己的行为，而不愿用美德规范去定义和欣赏自己的付出，从而在价值取向上与传统道德拉开了距离。我们的社会刚走出农耕，父辈持守着很多天经地义的观念，继承着一些革命之前的传统。在现状面前，子女无法完成对传统道德的超越。

在摆脱农业桎梏的社会变化中，我们或许是承前启后的一代人。承前，是对父母尽孝到底；启后，是自己晚年秉持独立。我们的宿命是从传统转向现代。这样，从下一代开始，“天经地义”才可能被解构。

英国的艾伦·麦克法兰在《现代世界的诞生》里说：“从子女对父母尽孝，转变为夫妻之间尽责，今人普遍认为这是‘现代性’的坐标之一。”尽孝尽责，个人选择。那时候，随着养老社会化，后代将得到超越家庭的自由。

这本“陪伴母亲日记”充满了个人情感纠结，是很私人很家庭的内容，但出版面世，使它超越了私人的领域。晓华嘱我写几句话，我就把阅读时感慨的、联想的，拉杂写下，是为序。

序二

聂晓华

阿尔茨海默病（Alzheimer's disease，AD），俗称老年痴呆，是一种与衰老相关，以认知功能下降为特征的渐进性脑退行性疾病或综合征。该病病程在5—10年内逐渐恶化，最终出现严重痴呆症状，生活不能自理。这种隐袭和破坏性的大脑退行性疾病剥夺了受害者最具人类特征的品质——记忆、推理、抽象化和语言的能力。

——摘自医学词典

2001年，我的母亲患上了阿尔茨海默病，俗称老年痴呆。

那天，我从北京宣武医院医生的手里接过诊断证明，他表情平淡地告诉我："你母亲是阿尔茨海默病中早期。"他还说，"这种病人一般可以活九年。"

十几年前，国人大都还不熟悉什么是"老年痴呆症"，可是我知道。早在20世纪70年代，我在大学读日语时，曾经读过日本女作家有吉佐和子写的小说《恍惚的人》。书中描述了一位患了痴呆病的老人在生命的最后日子里度过的一段恍惚、痛苦、荒唐的时光，以及因此带给家人的困扰和烦恼。世界上还有这样的人吗？当时我觉得可笑极了，推荐这本书的同学和我一样，觉得此书内容可乐至极，这类匪夷所思的事情只有日本那样的资本主义国家才有吧？所幸那个荒谬的世界离我们十分遥远。

我从未想到有一天同样的病例会出现在中国，更没有想到就落在我最亲近的人身上。有吉佐和子已经作古了，她和她的书也早已在我的记忆中淡去，那天，手持母亲的阿尔茨海默病患者诊断书，书中那位“恍惚的人”又在我脑海中复苏了：出门走失、不知饥饱、涂抹大便、更有啃食亡人遗骨的古怪行为……不敢想，我的母亲，一位善良高雅的女人，从现在起，也要一步步走进那样“恍惚的日子”；更不敢想，我们的家庭——父亲、哥哥，还有我和妹妹，就要开始过那种围着病人团团转的混乱生活了。

那之后的十几年，该来的一样没少来，母亲的生命仿佛在地狱中前行，我们全家人陪伴着母亲一起走过了漫长的不堪回首的艰难历程。十五年来，我记下了母亲患病的全过程。并不是因为我勤奋，实在是因为似乎只有这样坚持记录，才能让我从无助的绝望中跳出来，拉开自己和苦难的距离，保持心灵上的一点点平静。每当我感到苦恼、无助和无处可诉时，我便提起笔，写一段“陪伴母亲日记”，将痛苦涂抹在纸上，心灵似乎因此而获得一些解脱。在十几年陪伴母亲的日子里，我始终被动地扮演着看护者的角色，同时也被动地展开一点关于生命的思索。

2015年春节前，母亲走了，她终于解脱了。我们也解脱了，摆脱了亲情与责任的纠结。留下的，唯有深深的思念。

母亲走后不久，不离不弃守候她十五年的父亲就病倒了。一年之后，2016年6月，九十五岁高龄的父亲安详地离去。

送走了二位老人，我开始整理这本日记。在当今的老龄化社会里，阿尔茨海默病越来越多，这引发了社会的普遍重视乃至造成人们的恐惧心理。这本日记可以说是一个完整的病例，也是一个看护者的全部经历和心理历程，希望这些记录能为那些因为此病而苦恼的病患和他们的家属，提供一点点参考和帮助。

目录

第一章

*

2001年

病，来了

那天，母亲和我拉家常时很随意地说："我把谁是你嫂子忘了。"这是母亲大脑第一次死机。

2001 年 11 月 × 日

母亲出问题了。

今天陪母亲到宣武医院神经内科检查，诊断结果是母亲患了阿尔茨海默病，俗称老年痴呆，是中早期。

“她平日都有哪些变化？”医生同情地看了看母亲，扭过头来问我。

母亲笑眯眯地看着医生，很和气地抢先答道：“我肺子不好，一到冬天就犯病，这是老毛病了。”

“咳嗽吗？”医生同样很和气地回问。

“咳，咳得厉害，痰也多，严重时晚上都躺不下。”母亲很耐心地向医生介绍自己的病情，医生亦很耐心地听着，尽管——很显然，他问的并不是这些。

的确，母亲都有哪些变化呢？这些变化又是从什么时候开始的？是最近吗？还是今年以来？抑或是更早些？

起初的变化太微小了，小到难以察觉。这一年多来，母亲经常头晕，嗜睡。嗜睡是变化吗？后来母亲开始健忘了，比如放好的东西就找不到了；再比如出门购物时，本来挺熟悉的地方，她却表现出陌生感。“这地方我来过吗？”她时常疑惑地自语。一开始，这些断断续续的现象并没有引起我们的特别注意，一来，我们认为这是老年衰退的自然现象；二来，北京这几年的变化实在是太大了，小菜店变成大超市，小胡同变成大马路，偶尔认不出过去熟悉的地方，也没有什么大惊小怪的。回想更早一些，去年，父母亲到日本探望在那里定居的小女儿，妹妹曾告诉我："咱妈有些'路痴'哎，我家离公园一百五十米，爸妈每天去散步，妈却不认得回家的路。"她笑着说，我笑着听，根本没有放在心上。直到今年初春，发生了一件事情，才让我对母亲的糊涂感到不可思议了。

那天，母亲和我拉家常时很随意地说："我把谁是你嫂子忘了。"这是母亲大脑第一次死机。

开始我权当是玩笑，一点儿也没往心里去。我家与嫂子家是世交，嫂子还是一个小姑娘时，母亲就认识她了，并且一直很喜欢她。

"是吗？"我笑着说。

"真的，你别笑。"母亲看我不信，认真地说，"那天我突然想，阿囡（我嫂子小名）长大后嫁给谁了呢？多好的姑娘，谁家娶回去谁家有福气，可是我却想不起来她和谁结婚了。"

"怎么会有这样的事？"

"是啊，怎么能有这样的事呢！我就拼命地想啊，阿囡到底结婚了没有呢？她的确是结婚了，婚后还生了一个儿子呢，生了挺好的一个胖小子……那孩子小名叫东东……东东，东东是我孙子呀！那，阿囡是嫁给我儿子了？”

绕了一大圈，母亲终于推理出阿囡原来是自己的儿媳。对母亲的话我将信将疑。我把这件事告诉嫂子，她也只是笑，全然不肯相信。

这事过去没有多久，母亲的大脑又出现了第二次死机。

大约是4月吧，一个周末，天上下着小雨。

我正在自己家里闲读，电话铃响了，是母亲打来的。

“快回家看看，家里出事了。”母亲的声音并不急切。

“出事了？什么事？”

“你爸爸病了。”

“爸爸病了？什么病？感冒了？发烧吗？”

“也没什么大病，不严重，总之你回来看看就是了。”母亲支吾起来。

我不再多问什么，出门，上车，一脚油门开回家去。

母亲在楼门口等我，脸上的表情有些怪异，看到我来了，她如释重负，拉着我的手，似乎并不急于进屋，而是死死地盯着我的脸，突然冒出了一句话来：“我把你爸爸忘了。”

不知道她在说什么，我迷惑不解。

母亲接着说：“你看，是这样。早晨，你爸爸说不舒服，不肯起床。我让他去门诊部看看，他也不肯动，我一点办法也没有。天还下着雨。我望着他，心里就想，唉，要是能有个人帮帮我多好呀。人家都有个丈夫，遇事有个依靠，我的丈夫是谁呢？谁来帮助我呢？于是，我就问你爸爸：我嫁给谁了？你爸爸直愣愣地看着我，不回答。我一下子想起来了，眼前这个人不就是我丈夫嘛！幸亏你爸爸耳朵不好，他没听见。我想：得，犯错误了。没法子了，赶紧给你打电话。我的脑子这阵子老是犯糊涂，是不是出了什么毛病呢？”母亲说着，一副颇为苦恼的样子。

我很惊诧。母亲一辈子身体不好，几十年饱受各种病痛折磨，唯有头脑格外聪慧。

进了屋，父亲还躺在床上，有些感冒，不碍大事。看到我回家，他很高兴。

我笑嘻嘻地问：“爸，刚才妈和你说了什么，你听见了吗？”

“怎么没听见？她问我，她和谁结婚了。”

“那你为什么不回答？”

“我没心思和她开玩笑。”父亲也没有意识到，母亲那时可能出了问题。母亲的糊涂故事变为笑谈，并且很快被淡忘，没有引起家里任何人的警惕。

之后，夏天又发生了一件事情，才令我开始警觉，看来母亲的记忆力真的出问题了。

7 月的一天，母亲对我说，她的凉鞋坏了，需要买一双新的，还有老头儿的鞋也需要添新的了。

“你有时间吗？我想让你陪我去买买东西。年纪大了，一个人出门不行。”母亲一脸诚恳地和我商量。这段时间她一直不愿意自己出门，也许是意识到自己不认识路了，这令她失去了安全感。

“当然可以。可是上周我们不是刚刚一起去买了凉鞋吗？”

“买了？去哪里买的？我没去。”

“东安市场啊，我开车拉着你和爸爸去的。”

“东安市场？我更没去过。”母亲说得很肯定，“我真的没去过。”

申辩是无用的。我站起身，径自走到衣柜前，翻出上周新买的两双凉鞋：爹一双，娘一双。

“这鞋是哪儿来的？不是我买的，我没去过东安市场，我至少有十年没有进城了。”母亲望着鞋，依旧困惑地坚持着。

说什么好呢？上周，在母亲的要求下，我陪老两口儿去逛王府井。在重新装修开张的东安市场里，母亲为父亲选了一双黑色网眼皮鞋，而我则为母亲选了一双乳白色平底羊皮凉鞋。母亲的脚纤瘦，找到一双合适的凉鞋十分不易。我去付款回来时，看见母亲正在帮助父亲试鞋，老两口儿相濡以沫的样子让我心里涌动起一阵阵感动。母亲当时兴高采烈地说，好长时间没进城了，城里变化真大，东安市场变得这么漂亮。

没有想到，才过去这么几天，这些事情已经全然不在母亲的记忆中了。

母亲从我手中接过凉鞋，当即穿在脚上，左看看，右看看，十分满意地说：“这鞋真秀气，哪儿买的？现在街上卖的鞋都是大方头的，不好看。”

“东安市场啊。”

“东安市场？你什么时候去买的？”几分钟工夫，母亲似乎又忘了刚才的争论。

那天饭后，和父亲闲聊。

父亲说：“不知为什么，你妈妈近来性情改变许多，过去她喜欢安静地待在家里读读书什么的，现在好像在家里一分钟都待不住，老是想到外面去走，见到谁和谁聊天，不愿意回来。还有就是爱忘事。楼上老张上周去世了，我们一块儿去八宝山参加了遗体告别仪式。第二天在院子里看见老张的老伴，你妈张口就问人家，老张好吗？你说这可怎么办啊。”

到了这时，我们都才开始意识到，母亲的脑子真的出问题了。尽管如此，我们却依旧没有感到什么危机，因为在大部分时间里，母亲的变化并不大，她还是过去那位得体可亲的母亲。

“要说她的变化嘛，除了偶尔犯糊涂，爱忘事，似乎也没有更多的变化。”面对医生的提问，我很不自信地回答。

“你和父母同住吗？”

“不，老两口儿自己生活。”

“她还能做家务吗？”

“做啊，买菜、做饭、打扫卫生，家里一般的事情都是她在做啊。”这些年，我一直张罗着给父母请一位保姆，可是母亲不同意。

“其他还做什么？”

“其他？其他就是到老年活动站看看杂志，取牛奶、取报什么的。”

“她还能管钱吗？”

“管啊。”自父母结婚以来，家里的财权一直在母亲手中。

“那很好，尽量让她多做事情。不过也许维持不了多久了。这种病病程一般为九年，前三年丧失空间概念，病人容易走失；中间三年丧失时间概念，病人分不清昼夜，往往会白天睡觉，夜里起床，白天黑夜完全颠倒了；最后三年，病人会丧失一切记忆，他们不认识任何人，包括身边最亲近的人，同时大小便失禁，生活完全不能自理。还有些人会丧失行走能力、说话能力、吞咽能力等，每个人的表现形式是不同的。”

医生例行公事地介绍着疾病的常识，我认真地听着，心里却在暗暗地想：母亲不会走到那一步吧？

走出医院的大门，已是黄昏时分，林荫道上深秋的黄叶在残阳中瑟瑟颤抖，入冬啦。

哥哥闻讯赶来了。“都查清楚了？”他担心地问。

“嗯，是老年痴呆。”看见哥哥，我忽地感到很沉重。

“以后会怎样？”

“以后？发展下去当然会很严重。”

“咦！你怎么来了？”看到哥哥，母亲十分高兴，她似乎完全不明白我们在说什么。

2001 年 11 月 × 日

昨夜失眠，满脑子都是母亲的病。

医生说，阿尔茨海默病病程大约九年，也就是说，从现在起，母亲的生命将进入最后九年的倒计时。母亲一生和疾病为伍，难道越到暮年越悲惨，越要加倍地承受折磨？九年时间说短也短，说长也长，我不敢想，这九年我可怜的母亲将如何度过。

然而，母亲还有九年的生命吗？其实她能活到今天已经实属不易。

母亲出生在一个较为富裕的家庭，档案里，她在家庭出身一栏里填写的是“没落官僚”。我的姥爷是前清时代的秀才，据说曾参加过清朝最后一次科举考试，民国初年在东北地区做县官。20 世纪 90 年代初，我到吉林省珲春市出差，买了一本《珲春县志》，意外地发现这本完成于民国十六年的县志作序人竟是我的姥爷崔龙藩，时任珲春县知事。姥爷在“九一八”事变后不久就去世了，死得很是高风亮节。小时候我常听姥姥讲姥爷的故事，1931 年“九一八”事变后，位于东北边陲的珲春县首当其冲，成了日本人的天下，他们把姥爷抓到宪兵队，要求他与日本人合作，作为知事的他大义凛然地拒绝了，于是小鬼子们上了灌辣椒水等酷刑，推算那时我姥爷已有五六十岁了，在那个年代已属高龄老人，哪里经得起这番折磨，眼瞅着人快不行了，才被日本人放回家，到家没有几天便过世了。母亲生于1929年岁末，姥爷辞世时，她只有两岁。

母亲是在姥姥的精心呵护下长大的。姥爷虽是前清遗老、民国时期的七品官，但却笃信一夫一妻制，所以姥姥是姥爷的填房。关于姥爷的第一位妻子，姥姥从来没有提起过，我亦一无所知。小时候，我只知道母亲娘家的亲戚很奇特，和姥姥年龄相仿的是大舅妈、大姨妈，他们过年要来给姥姥磕头；和我同辈的大表哥、大表姐都比母亲还大十来岁，他们恭恭敬敬地称母亲小姑；还有年纪或比我大、或相仿的一群大大小小的孩子是我的表侄、表侄女，他们带我去公园玩，却叫我姑姑。直到长大后，我才逐渐理清了这些复杂的家庭关系。姥爷的前妻为姥爷留下了两子一女，这位夫人过世后，姥爷迎娶了比他年轻几十岁的小家碧玉做续弦，这就是我的姥姥。姥姥家是开豆腐坊的，日子清苦。姥姥曾告诉我，她小的时候，家里做的豆腐自己舍不得吃，都要拿去卖钱，她只能经常以豆渣为食，吃得直吐酸水，以至于后来，甚至这辈子她都再也不爱吃豆腐。姥姥原本不识字，嫁给姥爷之后，开始跟姥爷学文化，亦被这位前清秀才熏陶得知书达理起来。姥姥嫁入崔家时，前房的三个孩子早已成年，当时我的大舅、二舅都已经是县长了，父子三人分别在东北的不同地方任职，而两位舅舅的家眷妻小都留在珲春公婆身边。别看姥姥是小家女子，却识得大体，与前房眷属们相处甚笃。姥姥过门后，又为姥爷生了一男三女，母亲最小，在家中排行老七。母亲出生之前，姥姥已经生下了两女一男，本不准备再生了。可是没有想到最小的男孩长到四五岁时竟因一次意外事故夭折了，姥姥不甘心没有儿子，但后来生下的还是一个女孩，就是我的母亲。医学上有一个说法，高龄父母孕育的孩子很容易产生各种缺陷，母亲出生时就先天不足、体弱多病，尤其是到了冬天，见风就咳，常常一个冬季足不出户。

姥爷去世后，姥姥就与舅舅们正式分家了。因为大舅在任职当地已经有了外室，大舅妈不愿意过去与大舅同住，因此，姥姥就领着崔家的长媳、长孙、孙女，还有自己的两个女儿从珲春搬到了齐齐哈尔，两位小脚妇女，带着四个年幼的孩子，大的十来岁，最小的是我母亲，只有两三岁。这群孤儿寡母在一个屋檐下抱团取暖，直到新中国成立后才分开。

家里没有主事的男人，我不知道姥姥是用了怎样的坚韧带大了母亲，也许只有中国妇女才具有这样的勇气和韧性。姥姥说，那时日本人规定，中国人不允许吃大米白面，只供应难以下咽、且消化不了的橡子面。为了让孩子们吃得好一点，她冒险躲过日本人的眼睛，悄悄地找到那些往城里偷运粮食的农民，从他们手里买些细粮。“他们是进城卖柴的，冬天一到，他们就偷偷把整袋的大米、整只冻猪、冻鸡等藏在柴垛里运进城来，你要会找。”姥姥说这话时颇有几分得意。就在那样残暴、恐怖的鬼子统治下，姥姥还能为这群妇孺老幼撑起一个温馨的家。

因为病弱，母亲从小就得到了姥姥的格外关爱。还没有分家之前，有一年珲春闹伤寒，母亲和她的四姐同时患病，姥姥把更多的心思用在体弱的小女儿身上，没有想到，母亲从疾病中得以康复，她的四姐——一个原本更健康的孩子却命丧黄泉。姥姥是旧式妇女，自己没有读过书，却深知学问的重要，母亲到了上学的年龄，尽管是女孩，尽管身体不好，还是被送进了洋学堂。病歪歪的母亲时断时续地读到中学毕业，因为聪颖过人，虽然经常缺课，她还是通过了一次次的考试，完成了学业。看母亲小时候的照片，阳光可人，我一直想不明白，在暗无天日的殖民统治下，怎么也能长出如此天使般的孩子？

姥姥一辈子的使命似乎就是呵护这个小女儿，自打母亲出生以后，她从未离开母亲半步。母亲结婚后，她依旧和母亲生活在一起，为女儿料理家务，直到“文化大革命”时期因成分问题被逐出北京。我是家里的长女，在做家务这件事儿上，自幼得到了姥姥的真传，买菜、做饭、洗碗、擦桌子、扫地、洗衣服，无一不会。姥姥是小脚，很多时候行动不便，我便成了她做事的拐棍。我五周岁前，我们家曾住在一个很大的院子里，在我不完整的碎片式记忆里，曾有一个大雪天，我受姥姥的指派，穿过院子里长长的雪道，去买酱油。还有的记忆是，我上小学时，正值中国经济三年困难时期，为改善生活，家家养鸡生蛋。姥姥要求我，每天放学回家后，第一件事情是把白菜帮剁碎了喂鸡。有时作业多，担心写不完，我一边剁菜一边哭，姥姥丝毫不会心软，她一边准备晚饭一边宽慰我："急什么，一会儿剁完菜，把鸡喂饱了，你该做啥做啥。"1966年，姥姥离开北京时对母亲说，以后家里的活儿，你就让晓华做吧，这些年我算是把她培养出来了。直到这时我才明白，姥姥让我从小学做家务，原来都是为了母亲。那一年我十四岁。

母亲二十岁结婚，二十六岁时，已经生下了我们兄妹三人。我在家里排行老二，妹妹出生不久，母亲因为咳嗽引发一次大吐血，险些丧了性命。西医已经放弃了，当时我们生活在沈阳，当地有一位特别有名的老中医叫王慈良，他给母亲开了几服药，母亲服用后居然神奇地康复了。我小的时候，母亲总是把这位医生的名字挂在嘴上，所以直到今天我还清晰地记着这个名字。

母亲三十多岁时，我们家搬到北京。也许是水土不服，母亲刚到北京就住进了医院，这次是胃出血，大便排出的都是血，后来很长时间排黑便；胃出血治好后，又落下了十二指肠溃疡，吃东西要格外小心，本来就体弱的母亲这下更加弱不禁风了。

"文革"时期，父亲被关进牛棚隔离审查，一般这种情况家属一定会受到牵连，重则陪斗，轻的也要被找去谈话要求揭发问题、划清界限。可是谁都没来找母亲麻烦，大家都知道她是机关大院里有名的病号，好像是脆弱的瓷人，一碰就会碎了，谁都不愿来惹这个麻烦。尽管没人招惹，母亲还是病了。1969年1月，我去陕北插队，母亲当时正高烧卧病在床，临行前她送给我一件八成新的衬衣和一条西裤，说给我留作纪念，她说自己的病怕是好不了了，我这一走，没准儿再也见不到了。母亲说话断断续续的，毫无生气，似乎真的病入膏肓了，想想当时母亲其实还不满四十岁。

再后来，母亲五十多岁时又一次大病入院，这次是因为哮喘。这次发病又一次把母亲推到了危险的境地，她患了气胸，后又发展成气血胸，医生每天用粗粗的针管从母亲的胸腔里抽出大量的液体，谁都不知道母亲是否能够闯过这次病难。也就是在这次住院做全面身体检查时，我们才彻底搞清楚母亲一生体弱多病的根由。

原来母亲先天发育不全！她出生时身体整个左半部分的器官根本就没有发育完全：左肺动脉狭窄；天生没有左肾，只有一个右肾；左脑血管比常人细很多……知道了这些，母亲常年的体弱也就有了合理的解释。医生推测，年轻时那次咳血阻塞了母亲左肺的动脉，失去血液供应的左肺彻底坏死并纤维化了，由此引发右肺代偿性肿大并挤压心脏，进而才引起母亲的肺心病、肺气肿、哮喘、支气管炎等多种疾病。母亲做心肺透视检查，在正常的位置是找不到心脏的，她的心脏不知何年何月早被肺挤到了左边肋骨的下方。连医生都奇怪母亲怎么能活下来，他说像母亲这样先天器官发育不全的人，至多只有二十几年寿命。母亲能活到五十多岁，还生育了三个健康的子女，这简直就是一个生命的奇迹。

从她那次大病到今天，又是近二十年过去了。如今七十多岁的母亲尽管依旧病弱，但是，还能持家，还能出门旅游，还能读书画画，说实在的，母亲能有这样的生活质量已经非常不错了。母亲知足，我们也知足。快进入千禧年时，母亲又病了一场，一生带病延年的母亲对生死看得很淡，她平静地对我说："我现在什么想法也没有，只是想活到2000年元旦，那是我和你爸爸结婚五十周年纪念日，而我也正好满七十岁。人活七十古来稀，我能活到古稀之年，和老伴儿相伴五十年，这辈子知足了，我可以放心地去找我妈了。"我相信母亲说的是真心话。母亲生性淡泊，是个极为干净、极为自尊的人，她不愿意带病苟活于世。"与其这样病病歪歪地活着受罪，不如自己痛痛快快地走了。"母亲曾多次流露出这样的想法。

疾病带给母亲多舛的人生，年过七十的她不该再承受新的折磨了，善终才是母亲应有的归宿。如何才能让母亲躲过这场厄运呢？我甚至在心中暗自希望，在那最残酷的病痛到来之前，母亲已经安然离世。

2001年12月×日

我开始查找资料，搜罗所有可以找到的关于阿尔茨海默病的书籍，还有网上的相关信息。我需要清楚地了解这个病，更重要的是了解有什么治疗方法可以控制病情。

原来，阿尔茨海默病是以德国医生阿洛斯·阿尔茨海默的名字命名。这位医生于1907年发表医学论文，第一次把这种疾病作为单独的病症研究。此前人们一直将其视为精神病症的一部分，在1838年出版的《精神病症》一书中，曾对这种病有过这样的描述："他们没有欲望，也没有憎恨；没有愤怒，也没有慈爱；他们对过去最珍爱的事物，全然无动于衷……几乎所有痴呆病患者，都有某种荒谬的习惯或激情。有些人不停地走来走去，好像在寻找永远失落的东西；有些人步伐缓慢……还有些人则长年累月坐在同一个地方……或四肢摊开躺在地上……他们身体虚弱，只剩下皮包骨……若不幸瘫痪，许多并发症会接踵而至。"现代医学对阿尔茨海默病的解释是：这是一种神经退行性疾病，该病多见于七十岁以上的老人，起病缓慢而隐匿，病人及家人常说不清何时起病，根据认知能力和身体机能的恶化程度分成三个阶段。

第一阶段（第1—3年）为轻度痴呆期。表现为记忆力减退，对近期事物遗忘突出；判断能力下降，不能对事件进行分析思考，难以处理复杂的问题；工作或做家务漫不经心，不能独立进行购物等经济活动；情感淡漠、多疑，社交困难；出现时间定向障碍和地理位置定向困难；言语词汇少，命名困难。这个时期的病人仍能做一些熟悉的日常工作，但对新的事物却表现出茫然难解。

第二阶段（第2—10年）为中度痴呆期。表现为远近记忆均严重受损，不能独立进行室外活动，在穿衣、个人卫生等方面均需要帮助；出现各种神经症状，包括失语、失认等；情感由淡漠变为急躁不安，经常走动不停，可见尿失禁。

第三阶段（第8—12年）为重度痴呆期。患者已经完全依赖看护者，记忆力严重丧失，仅存片段记忆；日常生活不能自理，大小便失禁，呈现缄默、肢体僵直等表现，有强握、摸索和吸吮等原始反射。最终昏迷，一般死于感染等并发症。

根据上述简单的医学科普知识，母亲的痴呆症还处于第一阶段，而那可怕的第二、第三阶段，我期待永远不会到来。

阿尔茨海默病病因目前尚不明确，据推测，诱因很多。年轻时脑外伤、家族遗传基因、老年血管硬化等都可能诱发此病。有人说，年轻时用脑过度会患此病；也有人说，年轻时不动脑子会患此病。具体到我的母亲，她认为自己健忘是由于脑血管太细了，她还说这根本不算病。我也相信，大脑供血不足一定会是一个诱因，我期待这是母亲患病唯一的原因，而如果是家族遗传基因所致，那真是太令人不寒而栗了。

目前世界上还没有医治老年痴呆症的良方。我们从宣武医院拿回的药叫安理森，是一种价格不菲的自费药，一个月的药费是一千余元。医生说这种药可以有效遏制阿尔茨海默病的发展速度。母亲嫌药贵，我却像抓住了救命稻草，尽管不能根治，但是能尽量维持现状也好啊。如果在母亲的有生之年，她的病状能永远停留在第一阶段，不再向前发展，那我们大家就都得救了。

2001年12月×日

母亲一点儿也不配合。周末回家检查安理森的剩余量，发现她根本没有按时服药，这令我有些不安。

“妈，您没按时吃药？”

“哦？也许是吧。我记不住，我吃的药太多了。”的确，母亲每天都要服用很多药，治心脏的、治哮喘的、治肠胃的，还有治头疼脑热的。

“我每天一把一把地吃药，这药是治啥的？”母亲似乎忘了去宣武医院看病的事。

我说，是治疗糊涂还有健忘的。

“那算什么病。人老了，糊涂就糊涂一点，忘事儿很正常，这也值当吃药？”

我不知道是否要把实情告诉母亲，告诉她这药对她很重要，它可以维持她的正常思维，比她现在服用的任何药物都重要。我不确定她是否还能理解当下发生的事情，是否能理解阿尔茨海默病是什么病，如果她不能明白，告诉她毫无意义；而如果她还能明白，让她知道自己将在无可逆转的可怕状态下走完余生，对她是不是太残酷了？

中国人对病患和死亡的态度与西方人大为不同。西方人会把真实的情况告诉患者，他们认为这是对患者的尊重；中国人往往对病人隐瞒病情，我们似乎认为这样做是对病人的爱护。1994 年，美国前总统里根患上了阿尔茨海默病，他以一封公开信的形式，坦率地向公众宣布自己的病情。里根说，他将这一消息公布于众是为了能进一步提高人们对早期老年性痴呆症的警惕，并促使人们去更好地理解罹患此病的个人和家庭。里根表示，他在上帝赐予他的有生之年，将一如既往地和爱妻南希及全家，在生命的旅途上行进。最后他表示："当上帝不论什么时候召唤我归去之时，我将怀着对我们祖国的无限热爱和对未来的永远乐观而离开人世。"

母亲没有宗教信仰，她会用什么态度对待疾病呢？

如果我能把母亲的病情告诉父亲，其实可以请他督促母亲按时吃药。可是我却不能这样做，父亲已经八十岁了，承受力随着年纪衰老而减弱，如果告诉他，只会带给他无尽的烦恼和负担。还是不说吧，看病情发展，让父亲逐渐接受现实也许比较好。所以那天从宣武医院回来时，我只是轻描淡写地告诉父亲，母亲因脑血管太细，因此开始有些糊涂了。

"妈，我每天打电话提醒你吃药好了。这药很贵的，不能浪费了。"我叮嘱道。

"对！这药是花钱买的。"母亲好像想起了自费购药一事，她从我的手中接过药瓶，摆在桌上最显眼的地方。

第二章 * 2002年

病情渐重

“请问是萧昌民的女儿吗？我这里是北医三院，你的母亲在我们医院走失了，你父亲叫你赶紧过来一趟。”

“您是……”我的话还没说完，那边电话已经挂断了。

2002年2月×日

母亲服药已经数月，似乎没有什么效果，依旧是健忘，病情还在继续发展着，空间和时间的概念几乎同时开始模糊起来。

住了近二十年的院子，母亲往往出了大门便失去方向。也许是出于本能的自我保护，她变得格外小心，一个人时只在院子里活动，没有家人陪伴绝不轻易走出院子。但是对于这种状况，母亲本人却并未产生什么危机感，“我现在一出大院门就糊涂，一步路都不认识。”她轻描淡写地讲述自己的行为，好像这一切都很正常。其实即便是在院子里，母亲也常常迷路，多少次回家时认错了门，走到隔壁的单元，邻居出来开门，母亲一点也不惊慌：“哦，错了。”她的反应一如既往地淡定。

母亲的时间概念也开始混乱。每天午觉起来，才两点多钟，她便张罗着要做晚饭了。父亲告诉她，这会儿做晚饭时间还太早。她说，早吗？那等会儿。可是没过几分钟，她又转身进了厨房。父亲又告诉她，还早呢！母亲听了又回到房间。可是再过不大一会儿，她又去厨房了。这样反反复复，一个下午要重复很多次，最后往往是母亲失去了耐心，“这回真该做饭了！”她坚决地说。

每天晚饭后去传达室取《北京晚报》也是母亲的工作，这一阵子，她每天下午三四点便开始张罗着去拿报纸了。

——报纸要晚饭后才来。父亲提醒她。

——我去看看。

过了一会儿，母亲空手而归。

——没来。她笑眯眯地说。说过没多久，她又出去了。

——没来。母亲回来依旧如是说。

这样一趟又一趟，一个下午她要走上三四趟，直到拿到报纸为止。

母亲频繁的运动令父亲苦恼，他知道母亲病了，却不了解这种病，更不能理解眼前的这些是病态，他固执地坚持着，一次又一次纠正母亲的错误行为，当然这不会收到任何效果。对于一辈子做事认真的父亲来说，这种情况是完全无法接受的，他为此陷入了深深的烦恼，并常常大发其火。年过八十的父亲，他的理解力和自控力也在自然衰退中。

“告诉你不到时间！不到时间！你就是不听，一天到晚忙忙叨叨的，这是在干什么哪！”

“怎么不到时间？你自己什么活都不干，都要靠着我，你还说三道四的，你凭什么呀！”母亲的反应也很激烈，她不能接受父亲的任何微词，这辈子她早已习惯了父亲无处不在的谦让。

母亲比父亲小九岁，在我的记忆里，父亲这辈子都在让着母亲。听父亲说，他认识母亲那年，母亲刚满十八岁，虽说是富人家的姑娘，却十分有教养，于是他们就结婚了。我知道，事情当然不会这么简单，教养是父亲倾心于母亲的一个原因，但绝不是唯一原因，更不是主要原因。母亲长得实在太美了，我见过母亲年轻时的照片，那是一种超越时代的美，不艳丽、不华贵、不加任何修饰却让人心动的清纯的天然之美。我儿子刚到恋爱的年龄时，曾感叹：“现在到哪里去找像姥姥当年那样漂亮的女孩呢？”结婚时，母亲只有二十岁，单纯善良，虽然体弱多病，却是开朗向上。父亲快三十岁了，大学生，年轻的“老革命”，身体健壮，前途无量，打一手好枪，写一手好文章，最重要的是他有年轻女孩可以依靠的坚强臂膀。二人结婚以后，一路走下来，父亲对母亲呵护有加，而母亲则渐渐变成任性的一方。我的记忆里，父母从不争吵，一切以母亲的意志为是，不过母亲也很识大体，父亲老家在农村，乡下的七叔八姨们难免经常要来城里走亲戚，母亲把和婆家关系等一切容易发生矛盾的地方，都处理得妥妥帖帖恰如其分。

没有想到，如今老了，老两口儿却开始口角起来。

父母吵架，我是调停人。“你妈妈是怎么了？一分钟都坐不住？”望着父亲迷茫的目光，我不知道说什么好。他隐隐约约地知道母亲病了，因为脑血管细，也因为年龄，得了老年痴呆。至于这是一种什么病，阿尔茨海默病是什么，父亲的认知几乎是零，他根本无法把母亲眼前的表现和生病这件事联系起来。我能把真实的情况告诉他吗？让他知道这一切只是病态的开始，从现在起，情况将一天比一天糟糕？这太残酷了，我说不出口。所以每次面对父亲的追问，我只能闪烁其词地说：“我妈身体不好，老了，糊涂了，有些时候是有些病态，您别和她计较，更不要往心里去啊。”

接下来，还是让父亲一点、一点地接受现实吧。

2002年3月×日

母亲停药了。

近一个时期，母亲经常不明原因地腹泻。医生说，这也许是服用安理森的副作用。母亲原本肠胃就弱，平日吃东西都要格外注意，现在三天两头地腹泻，这是她根本无法承受的。这一段时间服用安理森，似乎并未见到什么明显的效果，目前又出现了新的麻烦，我们决定还是先把药停了，观察一段时间再说。

母亲似乎对停药很满意，她原本就对服用安理森耿耿于怀，可是我的心却又提起来了，无药可服，今后的情况会怎样呢？虽说眼下还看不到安理森明显的疗效，可是或许没有变化就是效果，至少没有继续恶化。如果不服药，病情会不会迅速加重呢？所以说，还是有药可服，心里才会踏实些。

一位朋友介绍了一种生物制药，是上海生物研究所研制的神经节苷脂，据说对此病症很有效，朋友的母亲患病多年，人已经麻木到不会开口说话了，在服用这种药后，现在竟又开始说话了。

“真的？！”我喜出望外。

“是，你可以试一试，不过很贵哟。”

病急乱投医。虽然我对朋友说的药并不抱多大幻想，但还是毫不犹豫地跑到指定的代销店，一次买回了三个月的用量。

“这是什么药？”母亲狐疑地望着我。

“这是……呃，这是一种生物药，其实……这也不是药，这只是一种保健品。”

“吃这干什么，这东西贵吗？”母亲继续问。

“不贵。这药能增强体质，预防感冒。”我用母亲可以理解的方式回答道。每月的神经节苷脂费用大约需要两千多元，可是金钱如何能和生命的质量相提并论？

“记着每天吃啊，吃了就不感冒了，冬天也不犯病了。”在母亲困惑的目光里，我把药放在桌上最显眼的地方。

“记住，一天三次，每顿饭后一支，一定不要忘了！”我不放心地重复道。

母亲点点头，我感到些许踏实。有药，就可以期待维持现状，而维持现状是我当下最大的目标。

“患者将分不清白天黑夜，患者将大小便失禁，患者将不认识亲人，患者将……”我想起医生的话。我害怕看到那一天，我祈祷那一天永远都不要到来，永远、永远都不要。

2002年6月×日

母亲又停药了。

在服了神经节苷脂后，母亲表现得异常兴奋。看来这种药物的作用是兴奋神经，朋友沉默多年的母亲服药后开口说话，而我的母亲在服药后，原本就多动的病态变得更加严重，她似乎在家一刻都待不住了，更喜欢向外跑，回家时照例频频走错家门，好在左邻右舍都很熟悉，才没有出什么大问题。

停药，只能如此。今后怎么办？听天由命了。

白天我在公司上班时，父亲打来一个电话。

“下班回家一趟！”听筒里是父亲怒气冲冲的声音。

“有事吗？”我的话还没有说完，“咣”的一声，父亲已经把电话挂上了。

我不放心，又把电话拨回去，是母亲接的。

“家里有什么事吗？”我小心翼翼地问。

“没有啊，家里挺好的。”母亲的声音是愉快的。

晚上，我回到家，老两口儿正在吃晚饭。昏黄的灯光下，空荡荡的餐桌，父亲和母亲一人一边对坐着，每人面前放着一碗稀饭、一个咸蛋，桌子正中是从食堂买来的一盘花卷和豆沙包，除此之外，只有一盘咸菜，一点蔬菜都没有。

看着如此简单的晚餐，我心里很难过，两位老人就过着这样的日子，看来单凭他们自己的能力，生活质量已经很难保证了，他们需要有人照顾。其实这两年我不止一次地尝试请一位保姆来照顾他们的生活，可是每次都以失败告终。母亲一辈子性格淡泊，喜欢清静，不愿意有多余的人在身边，即便是周末我们儿女回去，热闹一番后，她也催我们赶快离开。所以每次我建议请保姆时，她总是极力反对，有一次我甚至已经把人带回家了，她还是婉言拒绝了。

母亲拿起一个豆沙包，放在父亲面前的小盘中。

“甜呢，很好吃。”

“我不吃甜的。”父亲把豆沙包放回大盘。

母亲自己吃了几口又说：“这豆沙包真的很好吃。”说着，又拿了一个放在父亲盘中。

“我说了，我不吃。”父亲又将豆沙包放回大盘。

“你和谁生气呢！为什么不吃？”

“我有病！”父亲的声音不自主地提高了，母亲也生气了。“我看你也有病！”母亲高声说。之后两人便不再说一句话，沉闷着，吃各自的晚饭。

饭后父亲告诉我，今天他去体检了，查出来他患了糖尿病，他叫我回家，就是想商量一下，今后该怎么办？

“我的血糖很高，开始医生还以为查错了，又复查了一遍，结果还是如此。”父亲的表情很阴郁，也许是年纪大了，他对疾病很敏感，心理负担很重。

父亲心情不好，我能理解，这些年他也有自己的烦恼。父亲一辈子好强向上，年届垂暮，他越来越力不从心了。

父亲是农民的儿子，他祖辈是山东人，闯关东到东北辽宁落户。父亲幼时生活在一个三世同堂的大家庭里，自家没有耕地，靠租地为生。当时我曾祖父还在，祖父那辈兄弟四人也都已成家，且家家又都有了小儿小女，全家上上下下有几十口人，没有分家，在一口大锅里吃饭。我爷爷在兄弟中排行老大，因自幼身体不好，下不了大田，就跟着一位乡村郎中，学着给乡邻们治个头疼脑热什么的，这样的农户虽然比不上乡绅的耕读之家，但也不乏崇尚知识的空气。父亲七岁时开始上“蒙学”，大约是“启蒙学堂”之意吧。学的是“人之初，性本善……”“大学之道，在明明德……”之类。三年后，父亲转入正式的小学读书。在学校，我父亲学习最好，永远是班里的第一名，深得乡里教书先生的赏识。小学毕业时，先生鼓励父亲报考县中学，发榜时，父亲提心吊胆地从最后一名开始，逐一向前寻找自己的名字，却一直找不到，正当他失望地要走开时，却意外地在第九名处发现了自己的名字，当时兴奋得难以言表。一个乡下的孩子，和城里的孩子在一起统考，取得这样的成绩，这让父亲的先生很是自豪，他说服家里的长辈，一定要继续供父亲读书，他说这孩子将来必定是要成大器的。父亲这次“中榜”传遍乡里，很给族人脸上增光，全家上下都“沐浴在春风中”了。听了那位先生的建议之后，全家专门召开了一次严肃的家庭会议，各房都同意，用全家人的财力供父亲读书，为家族培养出一个光宗耀祖之人。

可是刚一开学，家里喜气洋洋的空气马上被一扫而空。第一年的学费、制服费、伙食费等，一下子用去了四十块大洋，这极大地超出了一个东北普通农户的承受能力，各房叔叔婶婶们又纷纷表示，只此一回，今后不再继续提供任何费用了。奶奶不忍心让父亲就此辍学，她老人家变卖了自己的嫁妆，坚持供父亲继续读书。父亲在中学里依旧是门门功课考第一，因为学习好，就一直做着班长。这样勉强读到了中学毕业。之后，父亲先到日本人的电器公司里做小职员，工作一段时间，积攒了一些学费后，便辞职返校，复读一年高中，再之后就报考大学了。

在读书这件事上，父亲实在是一位天才，别看这样断断续续、半工半读地学，父亲居然以绝佳的成绩同时被三所大学录取，分别是东北工学院、东北美术学院，还有当时日本人办的“满洲建国大学”。东北工学院和美术学院的学费是父亲连想都不敢想的，出自经济原因，父亲选择到“建大”读书。这是专门为日本人培养高级官僚的地方，校长由伪满洲国“国务总理大臣”张景惠兼任，实际控制权在日本关东军司令部。当时东北的大学是三年学制，而这所“建大”却是六年。“建大”的学生有中国人，也有日本人，学校准军事化管理，不收学费，每月还有几块大洋的津贴。用父亲的话说，那是一个培养汉奸亡国奴的地方。

父亲 1941 年入大学学习，时年二十岁。在学校图书馆，他接触到一些马列的书籍，我很奇怪日本人的学校怎会有马列的书籍，父亲说，那是供教员们研究用的。有“三民主义”的书，如蒋介石的《中国之命运》；也有马克思主义的书，甚至还有毛泽东的《新民主主义论》《论持久战》等。父亲他们就把这些书偷出来，组织起爱国学生读书会。1943 年，读书会一事东窗事发，一些同学被捕了，父亲和另外几个同学一起跑到关内，走上了抗日救亡之路。1945 年，日本人投降，父亲根据共产党的指示，回到东北接收政权。

青年时代的父亲是一位追求真理、勇于献身的人，可他这辈子的路却走得十分坎坷。

刚刚回到东北时，父亲很受重用，因为他有文化，更因为他的确有很强的工作能力。在百废待兴的东北解放区，父亲大大地施展了自己的抱负。诸如收容处理战后日本移民、组织支前工作队、参与建立东北人民政权、筹建学校办教育等，他样样都做得十分出色，在他当时工作的齐齐哈尔地区，还颇有名气。他的文笔甚佳，据说当时的《东北日报》几乎每天都可以见到父亲的文章，就连父亲喜射击、枪法准这些轶事，在当地也传为一时佳话。这位年轻的八路军干部能文能武，长得一表人才，一米八的大个子，眉眼间都透着抱负和英气，这样说来，当年母亲嫁给父亲也是有理由的。

和平建设时期，父亲曾在统战部门、新闻机构等单位工作。然而自20世纪50年代中期起，父亲的知识分子出身以及后来参加革命的曲折经历给他带来了无穷的麻烦和苦恼。一次次整风、一次次运动，每次父亲都首当其冲，被要求交代历史、接受审查；尤其到了“文化大革命”期间，戴高帽子、当街游斗、关牛棚改造，更是搞得父亲苦不堪言。农村长大的父亲有一种中国农民式的与生俱来的固执与桀骜，这也加剧了他挨整的强度。算起来，父亲这辈子，做事的时间不多，挨整的时间不少。尽管如此，父亲却从来没有因此而长久消沉过，只要给他一点点做事的机会，他会立刻抖擞兴奋起来，并且总会把事情做到极致，做到最好。可惜“人生天地之间，若白驹之过隙，忽然而已”。命运给他做事的机会实在太少了，“文化大革命”结束后，他已经快到了退休年龄。最后一搏，他以五十六岁的年龄到海外做了一届《人民日报》首席记者，而这本应是他四十多岁时担当的工作。

回顾自己的一生，父亲曾感叹，当年如果有经济能力上东北工业大学，相信自己一定能成为一个好的工程师；如果进了美术学院，一定能成为一个好画家；可是进了“建国大学”，搞起了政治，这辈子一事无成。话虽这么说，但习惯难改，退休后他依旧关心时事政治，每天读书读报；他依旧对新事物充满兴趣，让孙子给自己讲电脑、讲因特网。在老年大学里，父亲认真地开始了书法和绘画的学习，两年之后，他的字画就很是有模有样了。一些老朋友、老战友开始向他索字索画，这给了他很大的心理满足。另外，他还开始写回忆录，他写的《对伪满建国大学的回忆》，真实地记录了这所大学学习生活的内幕，剖析了其作为日本侵华布局一部分的本质，并描述了当时的爱国学生反满抗日的秘密活动等，这篇长达十万字的文稿被收录在长春市政协文史资料委员会编辑的《回忆伪满建国大学》一书里，发行后在大陆、台湾地区乃至日本都引起很大反响。最近，父亲又开始写书了，原因是一些当年和父亲在“建大”一起读书的日本同学，在读了他上一篇文稿后，很希望知道父亲离开“建大”之后的经历，应他们要求，父亲又开始动笔写《走向抗日的曲折之路》一书。做这些事情时，父亲是开心的。到了这个年龄，他似乎依然没有放弃对自我人生价值的寻找。有目标可追，有事情可做，父亲便可以活得满足而踏实。可以说，不管在什么样的境遇里，父亲都是一个不甘庸碌的人。

父亲这辈子身体很好，五十多岁时在干校劳动，依旧老当益壮，送粪割麦，样样不让年轻人。六十岁退休后，他还可以骑自行车到几十公里外去钓鱼，母亲生病住院，他每天骑车往返十几公里去送饭。但是这几年，父亲的身体开始走下坡路，尤其是五官零件，一件件开始背叛他了。他的左眼在患青光眼多年之后，最近完全失明了，仅存的右眼高度近视，戴一千度近视镜也只能看到零点三；他老年后开始耳背，且越来越重，现在需戴上助听器才能和人交流。这些身体上的变化大大阻碍了父亲和外界的交流，甚至老干部活动他都很少参加了，说是去了也不知道大家都在说什么。一向活跃的父亲变得沉默了。

这两年唯一能给父亲带来快乐的活动是打台球，他打得很好，每天晚饭后在老年活动中心打一会儿球，和老伙伴们说说笑笑，这成为父亲暮年不多的快乐。可是最近父亲连球也打不成了，母亲生病后，不知为什么，她充满了对外界的恐惧感，她说一个人在家害怕，希望父亲晚上不要出门。就这样，一位八十多岁的老人，耳不聪，眼不明，每天在家照顾渐变痴呆的老伴，如今又新添上个糖尿病，真是雪上加霜啊。

“我要是病倒了，你妈妈怎么办？这日子可怎么过啊？”父亲焦虑地望着我，我从来没有见过我心目中强大的父亲如此脆弱。

“爸，不着急啊，不急。”

除去有病治病，我首先想到的是要找一位保姆，不仅能照料二老的生活，我也想把父亲从母亲身边解放出来，让他依旧能出门打打台球，人需要和外界交流，而糖尿病病人更需要运动。

“找保姆？那行吗？”父亲迟疑着问。

“当然行，糖尿病是老年病，食疗很重要，找个会做饭的，我们要先把日子过好。”

“你决定吧。”父亲很没主张地点点头。

“找保姆做什么？”母亲一听说要找保姆，赶紧跑过来反对，“就两口人这点儿饭，好做。淘点儿米，加上水，水开了，撵小火，饭一会儿就熟了。”母亲倒是底气十足。

“妈，您看，你们吃得太简单了，总要吃点青菜吧。”

“吃菜去食堂买，食堂的菜做得可好了。”

“食堂的菜油大，老年人要吃清淡有营养的东西。再说爸患了糖尿病，对饮食要有些特殊要求了。”

“我可以做呀，我伺候你爸一辈子了，我不怕干活。”

“妈，您一辈子身体不好，这么大年龄了……”

“别说了，先对付，我实在干不动时再找人。”母亲不容分辩地说。

我知道其实母亲早就干不动了，只是她自己还没有意识到而已。从老年心理学上说，老人抵制外人进家，是由于缺乏安全感。从性格上讲，母亲一辈子喜静，她需要的是没有外人打扰的生活。我可以理解母亲，可是就这样对付着过日子，要对付到何年何月呢？

我还是不能放弃，无论如何要设法让保姆走进家门。

2002年6月×日

终于得到母亲认可，我可以请保姆了。

保姆姓刘，河北人，三十五岁。小刘和丈夫都在北京打工，家中还有一个十二岁的儿子，由婆婆照顾着，两口子在外面挣钱给儿子交学费，还想攒钱盖一座新房子。

小刘爽快利落，给人印象颇好。从交谈中得知，她以前照顾过糖尿病病人，在这方面挺有经验。“糖尿病病人要少食多餐，炒菜油要少，盐要少，并且要用清油。”她讲起来头头是道。

我给小刘介绍了家里的情况，并对她说：“老太太生病了，爱忘事，她说什么你都不要和她计较，有什么事情打电话给我，我回来解决。”

小刘嘴挺甜，一进屋就“大爷”“大妈”地叫起来，母亲没说什么，看起来似乎还满意，父亲则高兴得像个孩子，热情地带着小刘，在不足一百平方米的房里转来转去。他一辈子喜欢热闹，且十分好客，更何况来的是为他们排忧解难的人。

“这是客厅兼我的书房，这是厨房，这里是你的房间，被褥都准备好了，刚洗干净的，你还缺什么东西就告诉我，有什么不明白的事情尽管问，千万别客气，就把这里当成自己的家。”

“知道了，大爷。我做错什么，您也要不客气地指出来。”

“好啊，好啊。”

家里的气氛是少有的轻松。哎，今天的感觉真好，但愿从此能在小刘的帮助下过上正常无忧的日子。

2002年7月×日

清晨，梦正香。

刺耳的电话铃响了，我迷迷糊糊地抓起电话，听筒里传来母亲平静的声音："你能回来一趟吗？有件事情我们需要研究研究。"母亲的语气客气得像对外人一样。

"很急吗？我要去上班呀，上午公司里还有会。"

"也不很急。那你就下班后回来一趟吧。"

"好的。可是什么事呢？"

"电话里不好谈，下班回家说。"

毫无疑问，父母的话永远是我的最高指示。

晚上到家时，老两口儿已经吃过晚饭，坐在客厅的沙发上看电视新闻。小刘在厨房里洗碗。母亲把我拉到她的卧室，关上房门，挺神秘地对我说："这个保姆不好，你要去换一个。"

"她怎么了？"

"手脚不干净，爱占小便宜。"

"手脚不干净？她拿了您什么东西吗？"

"是，她拿了我的药。"

"药？她拿您的药做什么？那东西又不能随便吃。"

“是啊，我也是这样想。我不是一个小气的人，她需要什么说一声，我一定会给她。药是救命的，我一天都离不开，她拿了却没啥用，所以她拿什么都可以，就是不要拿我的药。”母亲的表情很诚恳。

“妈，会不会是您记错了？比如说吃完了？或者放错了地方？”

“没有的事！我昨天刚从门诊部取回来的，怎么会吃完了呢？”

“不管怎样，我觉得小刘是不会拿药的，她用不着啊。不然我再帮您找找看？”

“不用找了，就是她拿了，你把她送回去就是了。”

靠语言解决不了任何问题，一阵翻腾之后，我在衣柜角落的一个旧衣服包里找到了母亲的药。

“怎么会在这儿？”母亲不解地看着我。

是啊，怎么会在这儿？

这藏匿的地方真是太古怪了！

2002年8月×日

最近，母亲电话频繁。

自从上次怀疑小刘偷药之后，母亲似乎一直不放心，尽管那次已找到了药，但是母亲依旧为丢东西而烦恼。母亲“丢”的东西五花八门，有时是钱，有时是杂志，最极端的一次甚至是前晚脱下来尚未洗的袜子。每次“丢”了东西，母亲一定会给我打电话，母亲在电话里的语气总是心平气和的：“你忙吗？下班后回来一趟吧，我有事情需要和你商量。”每次接到电话，我都会赶回去，认真地听母亲讲一遍丢东西的经过，再听母亲提出马上换保姆的诉求，最后聆听母亲的一番教诲：家里一定不能用“爱小”之人。母亲讲得诚恳，我亦听得认真，每次听完之后，我便会翻箱倒柜地寻找，最后总能在最意想不到的地方把“丢失”的东西找出来。

今天，母亲又来电话了，这次语气一反往日的平和，急躁且生硬：“你快回来！我有事！”

“怎么，又丢了什么东西吗？”

“不是，你回来！我要和你爸爸离婚！”

天哪，这又是唱的哪出！

回到家，父亲正在读书，母亲在看电视。我进门后，母亲把我拉到里屋，面色严肃地对我说：“我要和你爸爸离婚！”

“可是，为什么？”我知道母亲在说病话，但仍然必须认真对待。

“你爸爸变了。”

“怎么变了？”

“变得爱钱了，他过去不这样。”

说起来，父母结婚已经五十多年了。五十多年来，母亲一直是家里的财政大臣，即便在去年被宣告患上阿尔茨海默病后，这种格局依旧没有改变。上个月父母的工资，还是母亲去领的，可是两个工资袋领回来第二天就不知去向了。全家人折腾了半天，最后父亲的那份在枕套中找到了，母亲的却直到现在也没有踪影，我们死心了不再寻找，心想也许哪天它会从什么地方跳出来。

“这月发工资了，他不让我去领，自己偷偷去领，领回来也不交给我。”哦，原来是这事啊，看来父亲接受了上个月的教训，不得不接管了母亲的财权。

“我也不要他的，我只要自己的，我拿自己的工资自己过。”母亲委屈地说。

“妈，您和我爸过一辈子了，您看我爸是爱财的人吗？他不会要您的钱的。”

“那他为什么不把钱交给我？”

“这一阵子您记性不好，上个月的工资放在哪里了，现在还没找到呢。我爸也是没有办法才帮您管钱的，您用钱就问他要，他就是您的钱包呗。”我半开着玩笑。

母亲听我这样说，想起了尚未找到的工资，自知理亏，便不再坚持了。她站起身来四下环顾着，好像在寻找那个丢失的工资袋，随后叹了口气说：“唉，真是老了。不过你爸不像你这样讲道理，他态度不好，如果他好好说清楚，我也不是不讲理的人。”

“您需要钱吗？”

母亲看着我没说话，眼里透着渴望。

我从口袋里掏出二百元钱，递给母亲说：“这够吗？”

母亲赶紧接过钱，很稀罕地放进裤子口袋里了。看母亲这样，我的心里很不是滋味。

2002年11月×日

今天是星期六，我起得比平日上班还要早。简单喝了杯酸奶之后，就跑到早市去买菜，然后赶回家给父母包饺子。

家里又没有保姆了。

国庆节前，小刘因老家有事回去了。那之后一个多月的时间里，家里先后换了三次保姆，最长的做了两周，最短的只做了两天，无论谁来，母亲都有坚决辞退的理由。

“这个不老实。”

“这个不勤快。”

最后找回一位既老实又勤快的人，母亲说人家有狐臭，第二天就打电话要我把人送回去。

“她身上味儿真大，一直在我身边转，呛得我咳嗽。这样下去我要犯病了。”母亲有肺气肿，每年入冬都要犯，直到第二年春末才好转。这阵子母亲又开始咳嗽了，并且多痰，痰里甚至有血丝，唉，又到每年犯病的季节了。母亲和我说话时，父亲就沉默着站在一旁，表情十分忧郁，他在为今后的日子犯愁吧。

“家里真的不用请保姆，两个人的日子很简单，我能做。做饭嘛，淘点米，加上水，水开了，撵小火。”母亲又开始重复着她的做饭经，像是在强行重复一种记忆。

没有办法，只好先如此了。

过了年，父母就要搬家了，搬到哥哥家附近。嫂子说，搬家后他们就方便照顾了，那么这段时间就先凑合吧。我让我家保姆隔三岔五过来帮把手，每到周六，我就自己回家为父母包顿饺子。老两口儿都是东北人，喜欢吃饺子，过去每个周末家里都做饺子吃，我不想因为母亲病了，让父亲感觉到生活内容发生了很大改变。

2002 年 11 月 × 日

今天下午项目组开会，研究一个重要的投资项目，公司领导亲自主持。

两点整，领导准时进入会议室，项目组组长大宋却还没有到，打来电话说路上堵车，实在抱歉。

大家闲聊起来，领导说，最近把老岳母送到怀柔养老院去了，在家里实在照顾不过来——“那老太太糊涂，白天一个人在家，太不让人放心了。出门遛弯儿，门也不锁就走，要是进来个小偷，那要出大事了。”我又想起了自己的母亲，看来为老人的事情烦恼的并不是我一个人。

“对不住！对不住！”大宋急匆匆地走进来，抱拳道歉。领导看看表，我也下意识地看一眼自己的手表，已经两点半了。

“好了，开会！我下面还有其他日程。”领导似乎有点着急了。

“开会！开会！”大宋赶紧从公文包里向外掏文件。

就在这时，我的手机铃响了，大家都停下来，等我接电话。

“请问是萧昌民的女儿吗？我这里是北医三院，你的母亲在我们医院走失了，你父亲叫你赶紧过来一趟。”

“您是……”我的话还没说完，那边电话已经挂断了。

“对不起，恐怕我需要请假离开两个小时。”

“请假？他刚来，你就走，这会还开不开了？”领导面有愠色。

“我妈妈在医院走失了，医院来电话叫我赶紧过去。”来不及多解释什么，我匆匆起身。

开车去医院的路上，我的脑子里乱哄哄的。父母去医院做什么？母亲怎么会走失了？我到了医院该去哪里找父亲？我甚至也不知道如何找到给我打电话的人。

十一月的北京，今天阳光充足，车里还很燥热，我打开车窗依旧感觉透不过气来。下午两三点钟的路况还算顺畅，只是今天的路程显得格外漫长。

终于到了北医三院。医院传达室外面的长凳上，我远远地便看到了老爹老娘稳稳当当地坐在那里晒太阳，母亲的表情甚至是喜滋滋的。

“你来啦，医院帮我找到你妈妈了，安顿我们坐在这里等你。”父亲说。

我长出了一口气。

送父母回家的路上，父亲告诉我：“最近一段时间，你妈妈越来越糊涂了，经常打开水龙头不关，打开煤气也不关。我要来医院取药，把你妈一个人放在家里实在不放心，她也想出来走走，我们就一块儿来了。我到药房取药时，让她在旁边的椅子上坐一会儿，告诉她别动，我马上就回来，可是我回来她就没人影了。我的脑子一下蒙了，赶紧找医院，让他们帮我找老太太，同时请他们给你打电话。人家医院也真有经验，不大一会儿就把老太太找到了，原来你妈妈跑到医院的小花园里转悠去了，我心里的一块石头这才落了地。”

“妈，看您把爸给吓得。”

“他胆小，我一个大活人，还不能出去走走？怎么就会丢了！”母亲戏谑道。

“可是，您走到哪儿去了？”

“我去找你爸呀。你爸不见了，我怕老头子丢了。”母亲一副颇开心的样子。

唉，一场虚惊。

可是，这真的仅仅是一场虚惊吗？我说点什么好呢？

第三章 * 2003年

神智乱了

除去睡觉和吃饭，母亲就像一架老式钟表里的钟摆，在家中不大的空间里摆来摆去，把生活在同一空间里的每一个人都搅得心烦意乱。

2003年1月×日

元旦过后，我请了两天假，帮助父母搬家。

母亲在走入新家的那一刻，仿佛一下子糊涂了。

“这是谁家啊？我们是来做客吗？”

我们告诉她，这是她自己的家，我们搬家了。她好奇地在房间里转，东走走，西看看，似乎对这里的一切都很满意。可是没过多久，她又开始发问了：“这是谁的家啊？”

父亲、哥哥和我都在忙碌着整理东西，母亲像个孩子一样跟在我们身后，冷不丁地冒出一句没头没脑的话来：“你们都在忙什么啊，这是谁家啊？”

父亲脸色阴沉，不知是母亲的表现令他心烦，还是有其他什么原因，总之他的情绪很坏，除了默默地整理东西，他一言不发，家里气氛降到冰点，丝毫感觉不到乔迁之喜。

偶尔有什么东西找不到了，父亲会立刻表现出近乎狂暴的焦躁。

“电视遥控器呢？我把遥控器放在哪儿了？”

“那本《回忆录》呢？”

“我的毛笔架呢？”

无论父亲寻找什么，我们都要马上跟进，如果不能在很短的时间里准确地从某个箱子里找出他要的东西，他马上会大发脾气，当然不是针对我们，而是对自己生气。

“我这记性，坏透了，自己收好的东西，转身就忘！我把它放在哪儿了？放在哪儿了！”他大声喊着。如果仅仅是喊喊还好，有时他会一边喊，一边非常夸张地用拳头敲打着自己的脑袋：“我糊涂了！这样糊涂，我还活着干什么哪！”

父亲的表现令我们措手不及。

这都是哪儿跟哪儿啊，不就是一次搬家嘛，怎么搞出这么大动静？收拾新居这事儿和活着有关系吗？我知道父亲这样大动肝火，其实是在和自己较劲，借以发泄他心中那股莫名的郁闷。这一两年来，每天守着半糊涂半明白的母亲，他是否已经压抑得透不过气来？

简单的晚餐过后，母亲突然提出要回家。

“天快黑了，你们送我回家吧。”第一次说这话时，母亲的态度平静而有礼貌。

我马上解释说，我们搬家了，这就是我们的新家，今后我们就住在这里了。

“妈妈，您看，这是咱家的沙发，这是咱家的床，这是您的被子，这是您的茶杯，这里还有您的痰盂。”为了不让母亲在新环境里感到陌生，我带来了一切母亲使用过的物件。

妈妈似乎听懂了，坐在沙发上四下观望，甚至还走到厕所把痰盂拿到卧室，说：“这个晚上要用，我夜里咳痰。”可是没过多大一会儿，她又说道：“这是哪儿？你们带我到这里做什么？送我回家。”

我赶紧重新解释，母亲又安静了。这样反反复复几个回合之后，母亲终于不耐烦了。她站起身快步向门口走去，嘴里大声嚷嚷起来：“这是做什么？这么晚了还不让人回家，绑架啊！”她彻底发怒了。这一段时间，母亲性格变化明显，可是像眼下这样不讲道理的恼怒，这还是第一次。

看见母亲这样闹，父亲什么也没有说，只是坐到一边，默默地抹起眼泪来。

我对此没有丝毫思想准备，都是这次搬家惹起的事端吗？其实，我们并非搬到一个陌生的地方，而是搬回我们三十年前住过的老院子，我就是在这个院子里长大的。“文革”期间，父亲因莫须有的罪名被调动工作，家也搬离了这里。如今二老回到这里安度晚年，这里的一草一木看起来都是那样熟悉，这里还有很多过去的老同事、老邻居，这本该是件好事情嘛。考虑到母亲适应新环境会有困难，我在帮助父母选房时，特地选了一幢紧邻原来我家旧址的新楼，这样，一切仿佛都回到过去，一切似乎从未有过变化。但父母的这些表现令我们始料未及。

第二天，母亲闹得更凶了，她在屋里走来走去，一刻都不能安静，急不可耐地嚷嚷着要回家，我被闹得实在没有办法了，正好老房子的钥匙还没有交出去，我就带着母亲回了一趟旧宅。

走到家门口，母亲熟练地从口袋里取出钥匙，打开门。除去北屋里还放着一张遗弃的大床，整套房内已经空空荡荡、一无所有了。

“您看，妈妈，这里已经没有东西了，我们搬家了，我们搬回过去住的院子了，您不是也一直盼望能搬回去吗？那院里有很多老同事可以聊天呢。”

“我没有，我没有搬家，这儿是我的家。”母亲说，“这是我的床，我就睡这儿，你爸睡那儿。”母亲用手指着空荡荡的床板。

“可是，您看，这张床上什么也没有呀。没有被子，也没有褥子。这个家里除了这张床，什么都没有了，住在这儿怎么过日子呢？”

“能过，我就住这儿。”面对空空如也的房子，母亲这样执拗地坚持，不知是出于什么思维逻辑。

“咱们搬家了。走吧，啊！走，咱们回家去。”我像哄小孩儿一样拉着母亲的手，母亲终于不再坚持了，随我离开了这所人去楼空的房子。

今天，我到公司上班了。同事孟姐关心地问我，一切都安排好了吗。我便讲了这几天家里发生的混战。孟姐说：“年轻人搬家是乔迁之喜，可老人相反，特别怕搬家，搬家就像把他们的根拔起来一样。”

原来是这样啊！难怪父母亲情绪不好，完全像变成了另外的两个人。我不懂老年心理学，原来对于老人来说，有一个自己习惯认可的家是如此重要，或许在他们心里，那是唯一能够给他们安全感的地方，神智健全的父亲尚且因搬家产生了不小的焦虑，更何况是脑子出了问题的母亲呢。

晚上，妹妹来电话问家里的情况，我讲了之后，她恍然大悟道："我说那年妈妈在日本时一直情绪不安定，天天闹着回家，其实应该就是早期'认知症障碍'（日本的叫法）的先兆吧。"

原来，稳定熟悉的环境对早期病人的情绪是如此重要，可惜我知道得太晚了。

2003年2月×日

搬家的事情终于告一段落，一切安顿就绪。

春节一过，我就又开始琢磨找保姆的事情了。尽管这里离哥哥家不远，兄嫂可以常过来看看，但是毕竟不是生活在一个屋檐下，日子，还是要老两口儿自己来料理。每天的柴米油盐酱醋茶，水费电费煤气费，生活从来都是琐碎、具体而麻烦的。

母亲的情况已经大不如前了，自从搬了家，她像变了一个人，做不了任何事情了，家里一切大小家务都由父亲勉强支撑着。一些采购、缴费等事情，我们可以帮助做，可是一日三餐呢？吃饭成了大问题。这一阵子，老两口儿早晚都是馒头咸菜，外加牛奶或者稀饭，午饭从食堂买回来。

一天我回家，看见父亲正在灶台前热奶，他吃力地弓着腰，脸几乎贴在奶锅上了——因为眼睛不好，他生怕牛奶漕出来。那场景实在令人心酸。日子不能再这样凑合了，必须找到解决问题的办法。

趁母亲心情不错时，我试探着提出请保姆的事。

母亲马上变脸。

“找什么保姆！等我死了，你们爱找谁找谁。现在我还没死，这个家我做主！”她口气坚决，面色冰冷。

家是母亲的王国，母亲这辈子在社会上与世无争，却习惯于在家里主宰一切。她不能接受任何人、以任何理由打乱她的生活节奏，过去清醒时如此，现在思维混乱了，更是如此。可是如果顺着母亲，父亲又该怎么办呢？

见无法说服母亲，不知怎的，我的眼泪就流出来了。这日子也太难了，我该怎么办才好啊？父母需要的帮助早已超出我的能力，除非我牺牲自己来专职照顾父母，可是我怎能做到呢，我还有自己的家，有自己的生活。我知道，找保姆是我的选择，不是母亲的选择，是我无奈且自私地想保护自己的生活空间、害怕在父母身上倾注更多的时间和精力所做出的一种选择，却忽略了母亲独立生活的愿望，忽略了母亲人到老年和外人相处时的不安心情。

母亲看我哭了，似乎很意外，和颜悦色起来：“啥事儿把我闺女难成这样？哭什么啊，你不就是想请保姆嘛，要请就请呗，不过我看是用不着，我自己能干。”母亲的口气缓和多了。

经过这番折腾，母亲终于勉强同意了一个折中的方案：请一位半天的钟点工，每天从上午九点做到下午一点，打扫卫生，做一顿午饭，并把晚餐的菜烧好，这样的安排，至少可以解决两位老人的吃饭问题。

今天是保姆第一天上班，她姓吴，四十岁上下，人看上去很麻利，最令人满意的是，小吴人很喜兴，脸上一直挂着微笑，这笑容给这个只有两位老人的寂寞家庭带来了一缕阳光。

2003年3月×日

“你妈丢啦！”父亲在电话里大声喊，我的心突突跳起来，平静的日子过了没两天，家里又出新情况了！

自从小吴走进家门，生活日趋安定。

母亲一天天习惯了新家的生活。天气好的时候，父亲就陪母亲到院子里散步，偶尔甚至还到附近的颐和园去走走。当然，母亲依旧会犯糊涂，散步路上遇到老熟人，大家就停下来聊一会儿，分手后母亲一定要问，刚才这位是谁呀？父亲则惊讶地回答，那不是老张吗，那不是老李吗，你不认识了？忘了，母亲坦然地回答，似乎这一切都很正常。偶尔母亲也会一个人走出家门，每当这时父亲总是很紧张，生怕母亲找不到回家的路，过上一会儿他就会站在窗前向外张望，或者索性到院子里去寻找。其实母亲一人遛出家时并不会走远，她就站在楼下路边看着来来往往的人们。即便如此，她回家时还是十之八九会走到其他单元，这时父亲就在楼上招呼一声，她就回来了。

生活安定后，我又开始为母亲寻医问药了。自从去年放弃了神经节苷脂，母亲一直没再怎么治疗，新家毗邻一个中医院，我便尝试着带母亲去看中医。医生开了一些诸如脑得生、换元丹之类的醒脑药，尽管一时看不到什么明显效果，但是也没有什么副作用。我总是怀着侥幸的心理，期待母亲的病可以平稳地维持现状，可是我卑微的梦想很快被现实无情地摧毁了，母亲的病依旧在急剧发展着。

我火急火燎地赶回家，哥哥已经到家了，正在听父亲讲述事情经过。

“我感冒了，吃了午饭，就想睡一会儿，午觉起来就发现你妈妈不见了，也不知道她是什么时候走的。我就出门去找，找了两圈都没找到，平时她都不走远，可是今天哪儿都没有找到。我把老太太丢了，怎么办哪，我把老太太丢了。”父亲边讲边哭，我们也顾不上安慰父亲，赶紧出门寻找。我和哥哥兵分两路。我找遍了小区里平日陪母亲走过的所有地方，就是不见母亲的踪影，会不会是出去了？我急忙向小区大门跑去，在门口我遇见了哥哥，他正在询问小区保安是否见到一位老太太出大门了，保安说，没有注意。这可怎么办呢？只好先回家再想办法。父亲见我们无果而归，“哇”的一声放声大哭起来。

不知从哪天起，父亲变得很脆弱，经不得任何事情，哪怕是很小的事情，他也要以非常极端的方式来表达自己的情绪。前几天家里灯泡坏了，父亲给哥哥打电话，让他回家换灯泡。哥说，正在开会，下班就回来。父亲说，到那时天就黑了。哥说，那稍等一会儿，开完会就回家。半小时后，父亲又打电话过去，大怒道：“怎么？你还没动身？你不用回来了，就当你爸你妈都死了！”这样的事情听起来真是有些不可理喻，换一个灯泡是多么小的一件事，并且坏掉的只是客厅吊灯八盏灯中的一盏，即便不换，除了有碍美观，丝毫也不影响照明，可是父亲就是放不下，必须马上解决方能安心。区区小事尚且如此，母亲走失这样的大事，父亲如何能面对呢？

父亲倒在沙发上，哭得惊天动地，哥忙着打110求助，我转身准备再出去寻找。

房门开了，母亲笑眯眯地站在门口，身后还站着一位身穿白大褂的小区门诊部医生。我一把拉住母亲的手说：“妈！您干什么去了？”

“我去给你爸爸找医生啊，你爸病了。”母亲很自豪地回答，“老头子，你起来了？咦，你哭什么？”

医生告诉我们，母亲去门诊部要求医生出诊。

医生问：“你家在哪里啊？”

母亲说：“就在那边。”

医生问：“哪边？几楼？几号？”

母亲说：“就是那边的楼，我带你去，去了就知道了。”

母亲忘记了家里的门牌号码，反应却很快，并且应答得体，这样的事情真有些不好理解。医生感觉怪怪的，但还是随着母亲来了，母亲走着走着就迷糊了，幸亏有院里的邻居们指路，他们才顺利到家。

父亲看到母亲似乎并不高兴，继续阴沉着脸好像很受伤害，母亲则喜滋滋的很有成就感。

生活要乱了，我在心里说，今后要格外小心了。

2003 年 4 月 × 日

SARS 肆虐北京城。

这种前所未闻的怪病传染性极强，死亡率还很高，搞得人人谈虎色变。为彻底铲除传染源，北京市专门封闭了几家医院作为 SARS 专科医院，还在昌平小汤山盖了一座临时医院，所有的病人和疑似病人都要被送到这些医院隔离治疗。我知道，把确诊的病人隔离起来是必须的，可是把高烧病人都作为疑似患者收治，会不会增加交叉感染的概率呢？

我每天都提心吊胆的。母亲不出门，感染上 SARS 的可能性很小，可是谁能保证她这一段时间不会感冒发烧呢？春天又是容易生病的季节，一旦她发烧被作为疑似病人送到一个完全与亲人隔绝的环境里，谁来照顾她的起居？依照她目前的身体和精神状态，她该如何生存？真让人忧心忡忡。

为了减少和外界接触从而避免传染，我让小吴休息两周，这些日子父母吃饭只能主要靠食堂了。不过因为 SARS，北京的许多公司也不正常上班了，我有空就往家跑，尽可能帮助父亲多做些事情。

只要我回家，父亲总是十分高兴，有我陪母亲，他就可以踏实地坐下来读会儿书，或者到书房去画会儿画、写写字。父亲自幼爱画画，退休后上老年大学学习国画，画得很出色，颇有成就感。可是自从母亲生病后，父亲想安心画一会儿画都变得十分奢侈了。

我回家，母亲也很高兴。因为我每次回来，一定会陪她出去散步。近一段时间，母亲愈来愈像个孩子，喜欢到外面玩。

今天到家时，看见哥哥正在厨房和面。

“你啥时来的？”我问。

“刚到一会儿，今天过来给老爹老娘包一顿饺子。”哥笑嘻嘻地说。从小到大，我们兄妹之间感情很好。

母亲见我进来，马上张罗着出门走走。走到社区小花园时，母亲说累了，我们就坐在长椅上休息。

三四个小娃娃在各自保姆的照看下，在树荫下嬉戏。

母亲坐在那里看：“这院里孩子可真多，现在的孩子一个比一个可爱。”

“奶奶。”一个胖小子跑过来叫了一声。

母亲更加欢喜，俯下身问：“你多大了？是男孩还是女孩？”

“奶奶，您可真逗，这问题您每天都要问一遍。”站在一旁的小保姆哧哧地笑着回答，“他是男孩。一岁半了。”

我陪母亲走开了，刚才还笑模笑样的母亲突然情绪低落起来：“你哥哥太不像话，有两个月没来看我了。人不来，电话也不打一个，这叫什么儿子，白养！”

“不是啊，妈，您说什么呢，哥哥常来啊。”

“来了吗？什么时候？我怎么一次也没见到？”

“怎么没见到？哥今天就来了嘛。刚才咱们出门时，哥不正在家里和面嘛，还等我一会儿回去包饺子呢。”

“哦。”母亲似乎想起来了，复又马上说道，“回家别告诉你哥哥我抱怨他了。”母亲的瞬间反应是迅速的。

2003年5月×日

今天听一位医生说，唱歌可以延缓痴呆类疾病的发展。我想马上试一试，告别医生后就回家了。SARS闹得上班不规律，正好可以回家陪母亲唱歌。

进了家门，我对母亲说："妈，咱们一起唱歌吧。"

母亲情绪不错，笑着说："我肺子不好，连气都喘不上来，还能唱歌啊？"

我说，那我来唱，您听着。说着便自己唱起来："太阳，太阳，上呀么上山岗，哥哥呀，哥哥呀，开呀么开荒忙……"这是一首解放战争时期的边区老歌，曲名叫《兄妹开荒》。

母亲笑眯眯地看着我说："嘿，你还会唱这首歌？"

"当然。"

"这可是老老年的歌了。"

"是啊，小时候常听您唱嘛，我还会唱《小二黑结婚》呢。"

于是，我转而又唱道："清凌凌的水，蓝格莹莹的天……"

"不行，不行，你的拍子没唱够。"我刚开口，母亲就打断了我，随后清清嗓子自己唱起来了，"清凌凌的水来哎，蓝格莹莹的天，小芹我要洗衣裳，来到了河边。二黑哥，他说是，他说是今天就回家转……”

我很诧异，有哮喘病的母亲唱起歌来，倒是底气十足。我停下来欣赏母亲婉转的歌声，她唱得很投入，沉浸在歌的世界里。

小的时候，我经常听母亲唱这些歌，有时她还边唱边演。长大后我才明白，这些歌记载了母亲最灿烂的少女时光。1946年东北和平解放时，母亲只有十六七岁，人长得美，歌又唱得好，很快成为当地宣传队的文艺骨干，当时上台演唱最多的就是这两首歌。在齐齐哈尔那样的小城市，母亲甚至成为名噪一时的歌唱演员。她本来要随着部队宣传队上前线的，军装都领了；刚刚成立的长春电影制片厂，也要招收她去当演员。当时，无论母亲如何选择，她的前途都会是一片灿烂。可是这时，姥姥出来反对了，说哪儿都不许去，老老实实在家待着！她甚至以自杀相威胁。最后母亲妥协了，她真的哪儿都没有去，留在当地做了小学教员。母亲错过了参军，错过了去长春做演员，也错过了当时所有年轻人最向往、最光荣的目标——加入中国共产党。因为出身问题，不远离这个家，不彻底和家庭决裂，母亲的入党问题便很难解决。我上学后，每当填表到父母“政治面貌”一栏时总是觉得矮人几分，同学们的父母都是党员，为什么只有我的母亲是群众呢？母亲对此却毫不在意，她很本色地活着，这些世间的名利，她看得很淡。20世纪80年代，社会多元化了，母亲却入党了。原来母亲退休前，单位有同事提议，老崔在中华人民共和国成立前就参加了革命工作，现在还不是党员呢，退休前把组织问题解决了吧。于是就让母亲填写申请，她才光荣地加入中国共产党。

唱了一会儿，母亲忽然笑眯眯地对我说："这一阵子我走了红运了。每天都有人来电话，给我保媒呢。"

保媒？我愕然。

"对，保媒。保媒你不懂吗？就是介绍婆家啊。"母亲喜盈盈地说。

母亲一辈子活得清高。年轻时追求她的人很多，尤其是一些率部队到东北接收政权的军人。母亲却很难看得上眼："大字不识几个，谈对象还要带上警卫员！"谈起当年，母亲的语气中带着明显的不屑，这位县长小姐向往的爱情是精神的满足和情感的浪漫，不能不说，当时有不少女学生就嫁给了这些将军，这些人这辈子的命运和母亲也就大不相同。

"可是妈妈，您已经七十三岁了，怎么还会有人来给您找婆家呢？"

"真的，每天都有好多电话，不信问你爸去，是他接的电话。"

"问我爸？怎么问？人家打电话给我爸，说我给你老婆介绍个对象，这可能吗？"

"我也不知道是怎么回事，你别问我，问你爸去，你爸说的。"每当无言以对时，她总是这样推诿给父亲。

妈妈哟，我真不知该说些什么，是顺着您说，还是尽量把事情给您讲清楚。可是，我能讲得清楚吗？看着母亲一脸的幸福，一脸的快乐，我尽量和颜悦色地说：“妈，不对，这不合道理，这不可能。”

“怎么不可能？”母亲勃然大怒了。

晚上回到家，我想起母亲的“红运”，感到如此不可思议，会不会是因为那两首歌呢？它们把母亲带回到了过去，歌声记载着母亲的青春好年华。如果真如此，那也是蛮幸福的。

2003年7月×日

揪心的SARS终于过去了。

这几个月，陪伴母亲几乎成了我生活的全部内容，每天提心吊胆的日子令我的心情也压抑到了极点。

我想出去走走，找朋友散散心。正好一位久未联系的日本朋友打来电话，说她到北京了，于是我们约好了一起喝茶。

席间，不知怎的又谈到了母亲的病，我说起这几个月我们家的混乱日子。

"哦，真不幸。"听了我的诉说，朋友同情地看着我，"不过，你的应对方法也有问题啊。"

"我有问题吗？我？我已经竭尽全力了。"

"可是你的力气用得不是地方，这就是问题。"

朋友告诉我，对待患阿尔茨海默病的病人，一定要顺着他们的思维去说话，即便他们的想法很荒诞，也要顺着他们的思路去沟通。"记住，千万不要企图用正常人的思维去纠正病人，这样做只能刺激病人、激怒病人，只会让病情加速恶化。"

"是这样啊？"

"是的，这是对待此类病人的常识。如果她说她在谈恋爱，你一定要说，真好，好让人羡慕；如果她说她怀孕了，你一定要说，恭喜你！怀孕几个月了？你想要男孩还是女孩？”

“为什么要这样呢？”

“这个，我也说不清楚，也许是因为病人有强烈的自尊并且十分敏感，你必须小心翼翼地、格外地尊重她的人格。另外，即便事情过去了，她已经忘了你们的争论，那种不愉快的心情也会长时间困扰她，使她精神上备受折磨，这会进一步加重她的病情。总之你要记住，一定要顺着病人说，不要解释，更不要反驳。”

朋友还说：“我可以想象你的困难和负担，这种情况，你不必告诉自己要坚强，那样只会把自己搞得很苦，其实却无济于事。你要尝试着对自己说，这是工作。这样你就能拉开情感距离，从容地面对病患，理智地坚持下去。”

朋友的这些经验之谈，对我实在是太宝贵了，我多需要这样的专业指导啊！

日本比中国更早地进入了老龄化社会，在阿尔茨海默病的治疗、护理以及社会援助等方面都远远领先于中国。日本民间社会有病人护理咨询室，还有专门的养老机构。在中国，目前此类病人的护理主要是靠家庭，而常年护理对大多数家庭来说都不堪重负，无异于一场灾难。

如果在母亲患病之初，就有人能清晰地告诉我未来即将发生的事情以及正确的应对方式，我也许不必像今天这样时刻生活在惊慌失措中；如果我能够更早地认清此病并接受现状，我就会在遇到事情的时候少一些手忙脚乱的无助感。说到底，作为此类病人的家属要想从绝望中走出来，其实没有任何灵丹妙药，唯有冷静地接受现实，并把看护患者作为一种使命，才能最大可能地、从容地去化解困境。

2003年8月×日

母亲的身体大不如前了。

近一段时间，母亲最明显的变化是没有食欲。看母亲吃饭如同嚼蜡，食物在她嘴里咕隆来，咕隆去，就是很难咽下去。这也是疾病的一个发展阶段吗？或者说是一个信号？

我很忧虑，觉得自己似乎应该再做点什么。

调整母亲的饮食是当下必须做的。让母亲一日三餐和正常人一样吃，恐怕已经不合适了，她需要更软、更烂、更有营养、更易于消化的食物。此外，她需要更全面的照顾，现在哪怕是每天晚上打洗脚水这样的小事，母亲也不能很好地完成了。让两个老人单独待在家里，我越来越不放心。我简直不敢想，每天下午保姆走后，家里两位老人是如何度过时间的。老迈的父亲要为母亲端茶倒水，要准备晚饭，要催促母亲吃药，更艰巨的是还要帮助母亲洗澡。这一切，让我陷入深深的不安和内疚。是不是要换一位全日制的住家保姆？我几次试着和父母商量，都被母亲不容商量地否决了。

“不用请保姆，不用。家里没啥事，有我照顾你爸爸呢。”

“妈妈，您身体不好，做不动了。”

“怎么做不动，不就是两个人的饭嘛，好做。出门遛弯时就把菜买了，有什么难的，我能做。我一辈子不求人，我什么都自己做。你爸爸不行，他年轻的时候就没做过，现在年纪大了，就更不做了。”母亲说这番话时，几分自豪几分嗔怪，对自己目前的真实状态浑然不觉。在母亲的概念里，家中的一切事务仍然应该由她操持着，她当仁不让地依旧是这个家庭的顶梁柱。

“妈，您做家务，那可都是几年前的事儿了。现在是小吴和爸爸干活。小吴只做半天，其他时间都要靠爸爸。您看爸也老了，做不动了，家里还是请一个全天的保姆吧。”

“别瞎扯了，你爸爸从来不干活，他一辈子就没有干过活！”

不能理论，因为你永远无法理论清楚。

见母亲不愿意，父亲出来圆场了：“你妈不愿意就算了，再凑合一阵吧。小吴人不错，半天也能帮不少忙。”

我陷入两难。其实我心里很清楚，如果维持现状，不做任何改善，父亲也会很快垮下来的。关于阿尔茨海默病，最近我读了很多书，知道此类病人的护理者因为长期的紧张状态和精神情感因素，很容易患上抑郁症，尤其当护理者是病患的亲属时，这种比例极高。父亲已经有了抑郁的倾向，他经常没有任何理由地陷入情绪低落和暴怒。

为了给父亲分忧，我坚持每天晚上给父母打电话，听父亲在电话里向我诉苦，尽情地发泄他孤独无助的烦闷心情，我希望用这种方法为他减轻一点点烦恼。这样的通话成为父亲每天生活中的重要内容，父亲说他现在一天只有两件事，一是看报纸，二是等女儿的电话。其实他每天最重要的事情是照顾母亲，对此他却忽略不计了。有时候，我因为种种事情，没能按时打电话，父亲会等到很晚。

“正等你电话呢。”父亲的第一句话每每如此，接下来便是：“你下班了？吃饭了吗？还没有洗碗吧？”听到父亲这样说话时，我心中的一块石头就会落地，知道他们今天过得还好。

如果父亲不主动说话，那一定是出了状况。

“爸，是我，今天好吗？”

“好什么？不好！”“咣”的一声，电话挂断了，我的心便一下子悬起来。我知道今天必定是发生了什么不愉快的事情，可能是母亲不好好吃饭；可能是母亲不肯洗澡；也可能是母亲频繁希望到院中去走走，而父亲已经累了；也可能什么都没有发生，只是父亲突然产生了莫名的烦躁。

我可以如朋友所说，努力把看护母亲视为一种工作，从而减少情感上的焦虑。可是我可怜的老父亲，他能做到吗？他永远无法把看护母亲视为工作，那是他一辈子的情感寄托啊。精神和体力的双重压力，对一位八十多岁的老人来说，实在是太残酷了。

对这一切，母亲却全然没有知觉，她依旧任性地、无忧无虑地活着，前提是生活不能有丝毫的改变，任何小的变化都会令她惶惶不安，尽管她自己每天都在变化着。

2003 年 8 月 × 日

今天的电话很轻松，父亲的声音是愉快的。

“我正和你妈聊天呢，她在骂你，说你说了今天要回家，可是到现在都不回来。”

“我没有说过啊。”

“她说你说了，让她自己说吧。”

听筒那边传来母亲的声音。

“你啥时回来？”

“妈，我刚刚下班，太晚了，今天不回去了。周末回去，咱们包饺子吃。”

“你忙吧。我没想让你回来，是你自己说的你要回来。不管你啥时回来，提前说一声，想吃什么，打个招呼，不用你做，我给你做。”

不知是感动，还是难过，我有点想哭，风烛残年的老人，思维恍惚而混乱，却依旧保留着那颗拳拳舐犊之心。

2003 年 9 月 × 日

最近，母亲的思维越来越混乱了，甚至于经常搞不清楚家人的关系。

上周末，我看望父母回来，刚进家门，父亲的电话便追过来了。

父亲讲的故事如下：

你们刚走，你妈妈便对我说："你说，大庆（我哥哥名字）多混蛋，追着我叫妈。"

——他是你儿子，他当然要叫你妈嘛。

——别扯了，他怎么会是我的儿子，他是我大哥的儿子，是我的侄子嘛。

——怎么是你的侄子？你侄子叫崔志鹏，是你们老崔家的长孙。他姓萧，叫萧大庆，是我们老萧家的人，他是你的儿子。

——哦？他是我的儿子，那他是你的什么人呢？

——他是你的儿子，当然也就是我的儿子了，是我们两个人的儿子嘛。

——哦，这就对了，他是你的儿子，可他不是我的儿子，我只生了两个闺女。

——你怎么这么糊涂！我的儿子，当然也就是你的儿子了。

——谁糊涂了？是你糊涂了，你把我也整糊涂了。

——你再糊涂，他也是你儿子。

——算了，别说了，爱是谁的儿子就是谁的儿子吧。

…………

听后，我不知道是应该哭呢还是应该笑。还是笑吧，笑比哭好。

今天，我和哥哥谈起父亲日前的电话，说，你看妈妈已经不记得你了。哥说，别提了，妈这一阵子总是把我当成志鹏表哥。

志鹏表哥是崔家的长孙，年龄比母亲大七岁，母亲从小和这位大侄子一起长大，关系密切，直到我家搬到北京之后，来往才逐渐少了。表哥三年前病逝了，不知道为什么，母亲这阵子频频想起表哥来。

哥哥的陈述如下：

昨天妈妈给我打了好几个电话，一开口就说："快把你奶奶送回来。"

——我奶奶？谁是我奶奶。

——我妈呀，我妈是你奶奶。你老扣着我妈不放算怎么回事？

我知道她又把我当作表哥了，就说，我是你儿子萧大庆，不是崔志鹏。

——不对，你就是志鹏，你骗不了我！我是糊涂了，可是还没糊涂到那个份儿上。

——行，你说我是崔志鹏，就算我是崔志鹏吧，可是我奶奶不在我这儿啊，我奶奶早死了。

——死了？啥时候死的？死了怎么不告诉我？

——你知道呀，告诉过你，她死了快四十年了。

——扯淡，怎么死了四十年了？昨天还在我这里呢。

——没骗你，就是死了四十年了。并且……我也死了。

——怎么？你也死了？

——是啊，死了，死了三年了。

——你都死了三年了？我怎么不知道？

——你是不知道，知道也是不知道，因为你已经糊涂了。

——谁糊涂了！你才糊涂了，是你把我搅糊涂了，我不和你说了。

听到这里，我哈哈大笑起来。母亲生病以来，我很久没有这样笑过了。不知为什么，这会儿就是想笑。

人生就是这样，糊里糊涂地活着，糊里糊涂地快乐，糊里糊涂地痛苦。

2003 年 9 月 × 日

家里的事情总是一出接着一出的，搞得人惶惶不安。

今天下午接到父亲的电话，说母亲患了急性青光眼，医生说需要住院手术。父亲要我赶紧到医院来一趟。

母亲的眼病果然来势凶猛，左眼红肿得很厉害。母亲说很疼，她的样子看上去很可怜。“睡个午觉，醒来就成了这个样子，这眼睛就睁不开了。”母亲无力地靠在我的肩上，很委屈地说。

这太令人心痛了，上帝还要给她多少痛苦和考验呢？然而容不得多想，甚至来不及更多地安慰母亲，我便匆匆去找医生商量手术事宜。我担心以母亲的心智，无法接受这样的手术，医生却说，手术很小，应该问题不大，快则十几分钟，最慢有半小时也就做完了。如果不做，青光眼病会频繁发作，并且一次比一次严重，直至失明。

既然如此，那就准备手术吧。

2003年9月×日

今天，给母亲做青光眼手术。

一番惊心动魄的较量之后，手术以失败告终。

术前，我反复做母亲的思想工作："咱的眼睛有毛病了，需要做一个小手术，很小、很小的手术，只要一小会儿就好，最多半个小时，做了手术眼睛就不痛了；如果不做，将来眼睛就坏了。你要听医生的话，好好配合。"

母亲似乎听懂了，她顺从地点点头。从外表看，母亲和正常人没有什么不同，我想眼科医生也是基于这种印象，才胸有成竹地决定给母亲做手术。

母亲被推进去了，我和哥哥在手术室的门外等。没有想到，还不到十分钟，医生就冲出来，说母亲不配合。刚上手术台时，清洗、麻醉，一切都好好的，准备动刀了，她的头开始左右摆动，医生没有办法，只好破例请家属进去帮忙。

病人家属进手术室，这真是开天辟地，头一回听说！

我胆怯，让哥进去了。在哥的安抚下，母亲安静了。医生重新拿起手术刀，刚刚割开结膜，更凶险的意外发生了。

母亲腾地从手术床上坐起来了，大叫："你们要干什么？"

医生吓坏了，不敢再继续做手术了。照母亲这样的折腾法，一个不小心，晶体随时可能流出来，那结果就只有摘除眼球了。医生只好放弃手术，重新将结膜缝合起来。

母亲坐在轮椅上，由护士推出手术室，她愤怒不已。

“屠宰场！”母亲大声喊着，“我要到卫生局告你们去！这哪里是医院，这是屠宰场！”

我赶紧迎上前去安抚母亲。

母亲控诉道：“他们拿刀子捅我的眼睛，都捅出血了，我的眼睛好好的，他们捅我的眼睛，我一定要去告他们！”

回到病房，开始输液，母亲依旧像受伤的困兽，喋喋不休地重复着心底的怨恨，她，真的发怒了。

“这叫什么事？走，我们去告他们，这里是屠宰场，不是医院，他们把我的眼睛捅出血，还想把带血的纱布藏起来，我都看见了，他们想藏纱布，你带我去告他们！”说着说着，母亲忽然起身下床，她手背上插着针管的地方瞬时隆起一个大包，血液回流，输液管变成扎眼的鲜红色。

我赶紧按住母亲。

“一定，我们一定去告他们。这会儿中午下班了，您先睡一会儿，等您起了床咱们就去。”我小心地握着母亲的手，安慰道。

“我眼睛好痛。”母亲伸手去抓眼上的纱布。

我急忙阻拦：“睡会儿觉就好了。你的眼睛动手术了，现在不能动，动就感染了，千万不能动。”

“唉，这叫什么医院？我肺子不好，他们不动肺子，却动我的眼睛，真倒霉！”

是的，真是倒霉，本来就是多灾多病之身，人老了又患上阿尔茨海默病；这会儿人都糊涂了，又患了青光眼。人世间的病痛，母亲还有哪样没有经历过呢？可怜的娘啊。

也许是累了，母亲终于安静下来，睡着了。

同室的病友——一位慈眉善目的大妈同情地看着沉睡的母亲说：“人老了，受罪啊。”

我轻声和这位老人家聊着。因为和母亲同病房，这几天也把人家折腾得够呛。刚刚住院的第一天，母亲就把人家的被子扔到走廊里去了，理由是：这是我家啊，这是我老头儿的床，你是谁？为什么占着我老头儿的床铺？我好言好语，嘴巴像拜年时一样给大妈和她家人说好话，解释母亲的病状。时值中秋，又送上月饼、水果以示歉意。好在，大妈一家都通情达理，对母亲的行为表示理解。如果遇上一个不好说话的人，这事儿还真的不好解决呢。

睡梦中，母亲的脸是安详的。娘啊，醒来后，您是否还能回到安详的过去？

2003年10月×日

疯狂的一个月。家里一片混乱。

母亲出院了，必须有人看护。顾不上和任何人商量，我自己做主，托朋友找了一位全日制的保姆。这位保姆姓栗，四十多岁了。“小栗的优点是老实、本分，人前人后一个样。”介绍人如是说。请一位表里如一的人照顾失智的母亲，真是再合适不过了。

我把母亲的情况如实地讲给小栗，要她做好充分的思想准备。我说，老太太生病了，脑子的病，表现为不讲道理，并且疑心很重，她过去不是这样的，所以无论她说什么，做什么，你都千万别往心里去，哪怕她说你偷了东西，她赶你走，你也别当真，这些都是病态，有什么事情告诉我，我会解决的。

小栗来了，不苟言笑，却表现得很是坚韧。

不出我所料，小栗到家的第一天，母亲就给了她一个下马威。她堵在门口大吵大闹，坚决不允许小栗走进家门。

“我不要她，我要那个胖子。”母亲大叫着。小吴人胖，母亲记不住她的名字，就叫人家胖子。父亲和哥哥都想放弃了，说，要不然算了，还是像过去一样凑合着过吧。我坚持无论如何要顶住，必须让母亲习惯有保姆的日子，否则她的病情一日重于一日，家里不能没人照顾，而她也会越来越难以接受有外人走进家门。

为了缓和母亲的情绪，我想了一个折中的办法，请嫂子在他们的院子里先租下一间房子，让小栗暂时住下，好在那里离父母家不远。我哄母亲说，小吴有事回老家了，小栗只是来替小吴几天，她也是小时工，不住在家里，母亲这才勉强接受了。这样，小栗每天早晨七点钟过来，从早饭做起，干完一天的活，晚上吃罢晚饭，把家收拾利索了，再回住处休息。

小栗干活，母亲就在一旁捣乱。小栗打扫卫生，母亲在旁边监视；小栗要做饭了，母亲不许她烧鸡，不许她炖鱼，不许她做肉；小栗炒青菜，母亲不许她放油；饭熟了，母亲不让小栗吃饭，有时直接将小栗赶出门去。一天中午，嫂子回家，看见小栗站在门外，就问她为什么不进屋。小栗说，老太太正在吃饭，不让她进去。为了这些事，父亲气得不止一次大哭。每当这时，母亲总是冷冰冰地看着父亲，完全无动于衷，有时把母亲哭恼了，她会甩出几句更可怕的话来。

在父亲的书桌上，我发现一封小栗写给父亲的信：

大爷，以后不要为我吃饭的事和老太太生气。她现在有病，你跟她说不明白。所以你用（不）着跟她生气，我已经习惯了。大姐都给说过了。没事的，她要不让我吃，我就等会再吃，早点晚点都行。你不要认真。不要生气。看在我的面上，请你再次不要生气，我求你了。

父亲耳朵不好，和人沟通有困难，小栗就把自己要说的话写在纸上。

一生文雅善良的母亲，就这样在浑然不觉中把任性留给自己，把痛苦带给家人。更为可怕的是她的性格越来越暴躁，并且会骂人了。一辈子待人有礼、不曾说过一个脏字的母亲，现在爆骂、粗话脱口而出，且不分时间、地点、场合。

母亲每天出门散步时，小栗就悄悄地跟在后面，一旦被母亲发现，她马上大骂起来："强盗！破鞋！""偷人的婊子，滚！滚得远远的！"什么话难听骂什么。路人们好奇地驻足围观。遇到这种情况，小栗真不知道如何是好，离远了，怕一不留神把母亲丢了；离近了，受不了周围惊诧的目光，这种时候恨不得有个地缝钻进去。幸亏我在请小栗来时，已经将母亲的情况向她做过详细介绍，小栗对此有思想准备，她尽自己最大的努力和母亲周旋，尽管苦不堪言，但她心中有数。每当我回家，她便向我倒苦水，我一边安慰她，一边在心里惊愕不已，母亲的疯狂实在超乎我的想象。

在这样的家庭气氛里，父亲的情绪低落是可以想见的。他的态度是沉默，整日闷不作声，遇上一些忍受不了的偶发事件，比如母亲不让小栗上饭桌，他便以放声大哭来抗议。同时，他会打电话给我和哥哥，我们兄妹俩就像救火队员，接到电话赶紧出发，回到家里说一些宽慰的话，并告诉他，妈妈的一切行为都是病态，希望他不要往心里去。

父亲知道母亲的确是病了，却不能接受这样的解释："得了什么病，可以这样不讲道理？"

等父亲哭够了，平静了，我再一点点地把母亲患此病的各个发展阶段和表现形式讲给父亲听。告诉他，有一个阶段，病人就是会出现神智混乱的情况，经常会做出一些让正常人很难理解和接受的事情。有时，我会后悔没有从一开始就和父亲讲清楚这些，如果他有所准备，是否就不会像今天这样一次次感到猝不及防？可是在没有亲身经历之前，谁也无法体会什么叫"神智混乱"，今天发生的一切也都大大地出乎我的意料，那种备受打击的感觉，其实我和父亲是相同的。

这一段时间，我尽量不出差，时刻准备着：回家救火！

这个月中旬，有一个投资项目需要到南京谈判，公司希望我能走一趟。

我也想出去换换心情，这阵子心情实在太压抑了，家里混乱的日子让我完全没有了自己的生活，每日疲惫不堪。并且，此去南京还可以与我先生小聚，他 2002 年初调到南京工作，这两年我们一直聚少离多。

飞机起飞的那一刻，我顿时感到全身心轻松，出发前还有些放心不下，这会儿却是什么都不想，只有一个感觉：解脱了！我很惊讶，自己怎么会这么容易就放下？

万万没有想到的是，飞机刚刚落地，我就接到了父亲的电话，他照例在电话里大哭，我照例是一阵阵地心悸，不同的是，在北京时我可以马上回家“救火”，此刻我却鞭长莫及。

通过父亲断断续续的哭诉还有小栗的解释，我了解了家里发生的事情。

上午十点多，母亲撵走了正准备做午餐的小栗，自己从冰箱里拿出几条冻鱼，摆在盘中，笑嘻嘻地招呼父亲说，老头儿，吃饭了。父亲见状，火从心起，便和母亲理论起来，母亲当然不会让步，越吵越凶。一个是不明事理也根本不可能讲理，另一个是认了死理非要说个明白，最后的结局是父亲又重演哭闹大剧，他边哭边用头撞桌子，母亲见父亲如此，更加恼怒，毫不示弱地声明要离婚。

“这日子没法过了，我不想活了！”父亲在电话里大声哭喊。

母亲夺过电话，冷冷地对我说：“你爸爸太不像话！我要和他离婚！你要是我的女儿，就回来看看我，如果你也不认我这个妈，咱们也一刀两断，我谁都不认！”

“咣当！”母亲摔电话的声音像一把铁锤重重地砸在我的心上。千里之外，我该怎么办呢？

心，沉到地狱里去了。

2003年12月×日

数月疯狂而苦闷的日子。我把自己关在房中，找来所有关于阿尔茨海默病的书，希望更多地了解这种疯狂的疾病。可惜市面上这方面的书太少了，一本《早老性痴呆的护理与治疗》都快被我翻破了，依旧解决不了我的困惑。

这两个月，母亲的情绪更加躁动。

一辈子安静的母亲这段日子就好像魔鬼附身一样，每天睁开眼睛就想向外跑，不让她出去，她就在家里走来走去，像笼子里的困兽，一刻都停不下来。除去睡觉和吃饭，母亲就像一架老式钟表里的钟摆，在家中不大的空间里摆来摆去，把生活在同一空间里的每一个人都搅得心烦意乱。

小栗见到我就诉苦："大姐，老太太这样转，转得我头晕，有没有法子让她安静一会儿？"我无言地看着她，不知如何回答。她也实在太不容易了，天气越来越冷了，她每天起早贪黑地奔波在我家和住处之间，有时连正常的热乎饭都保证不了，还要提心吊胆地承受母亲的责骂，如果是其他人恐怕早就不干了，可是她还是坚持着。我不知道怎样能帮她减轻点负担，只能用奖金、礼物，和一切可能的方式表达我的歉意和感谢。

父亲被彻底击垮了，几个月折腾下来，他变得更加阴郁、脆弱和易怒。他沉默寡言，每天把头深深地埋在报纸里，母亲在他身边走来走去，他就像完全没有看见，一份《参考消息》他能读上整整一天。

父亲渴望我们回家，给他打电话，何时回家是一个永恒的问题。可当我们回到家时，父亲却并不和我们说话，依旧是阴沉着脸埋头读报，他用沉默表达着自己的愤懑。隔上一段时间，父亲就会突然爆发，找一个话茬儿大哭大闹一场，淋漓尽致地向我们发泄一番。

我理解父亲的苦闷——一辈子的恩爱夫妻忽然变成无法理解的陌生人，生活在一个屋檐下的二人没有了任何交流。更可怕的是，经常地，因为一些莫名其妙的原因，他还要承受母亲在家中上演的一场场鸡飞狗跳的闹剧。

“我昨晚做了一个梦，梦见我和你妈妈在山谷里走。你妈妈走不动了，就坐在山坡上。我说，快走吧，天要黑了。你妈妈说，往哪儿走啊？我一看，可不是，除了山就是山，没有路了，山沟里有洪水。再回头，你妈妈也不见了。我急得大喊，就醒了。”

有一次，父亲这样向我述说他的梦，我听得心酸，可只能故作轻松地说：“梦里的事，您别介意，您老可是共产党员哪，是唯物主义者，党是怎么教育我们的？梦是唯心的东西啊。”

父亲才不理会我的玩笑，他依旧阴郁地说：“我就是感到无路可走了，我和你妈妈的路要走到头了。”说着，他哭了，开始还克制着擦眼泪，却怎么都擦不完，于是索性号啕大哭起来。

我意识到，父亲已经压抑到了极点，他扛不住了，我们也快扛不住了。再这样下去，父亲要垮了，我们也要垮了。

无处不在的绝望中，我又一次带着母亲走进医院的大门。尽管我知道，在许多疾病面前，目前的医学还有很大的局限性，阿尔茨海默病是不治之症，即便有一些药可以缓解病情，母亲的身体怕也是不能服用的。虽然没有任何希望，但我依旧不得不求助于医院的原因是：最近母亲险些向父亲动了刀子。

那天，母亲照例在房间里走来走去，父亲照例在一边读报。母亲转着转着，突然向父亲走去，说了一句什么。父亲没有听清楚便反问道，你说什么？也许是父亲的声音大了些，母亲就说，你吼什么？父亲说他没吼，两人就为此争执起来。最后，母亲大为光火，她冲进厨房拿起一把菜刀向父亲奔去，嘴里怒气冲冲地高喊：“我和你拼了！”幸亏那天我在家，我一把抱住了病弱的母亲，夺下菜刀。庆幸的是父亲的眼睛耳朵都不好使，他没有看到母亲手中的菜刀，也没有听到母亲在喊什么，他只是惊诧地看着我和母亲抱在一起，知道准是母亲又在闹脾气了，却不真的知道发生了什么。此时，“不知道”是他的福气，也是我的。我不敢想象如果父亲也加入进来，会闹出怎样的局面；更不敢想象如果当时家里只有两位老人，又会有怎样的后果。我很后怕，出了一身冷汗。

我把自己的苦闷讲给朋友听，她说一些阿尔茨海默病病人的确会有暴力倾向，并送给我一本书——《丢失的人》。我一口气读完这本专门介绍此类病患的书，心灵为之深深震颤。原来世上有那么多挣扎在阿尔茨海默病病痛中的患者和家属，和书中描述的亲历者们相比，我作为病患家属还算是幸运的，至少母亲的怪异行为还没有极端到放火烧房，或者将粪便球摆放在床端把玩，而我也还没因为母亲失掉家庭，失掉工作。即便如此，我依旧感到事态严重，既然母亲已经开始有了暴力倾向，就要防患于未然，我不能再被动地看着母亲病情发展而毫无作为，我必须主动地进行干预了。

母亲见我要带她去医院，倒是一副很乐意的样子。

“天冷了，我快犯病了，是要到医院拿点药了。”母亲自语道。

听了母亲的话，我突然醒悟到：是呀，母亲有哮喘病，每年入冬是一定会犯病的。今年母亲的阿尔茨海默病来势汹汹，哮喘病反而望而却步了，居然没有犯！这也算是不幸中的一个小小幸运吧。

在专门医治精神类疾病的北医六院，母亲先给了医生一个下马威。为了减少等候时间，我为母亲挂了特需门诊，并按照约定的时间前去就诊，但到了之后，前面还是有一位病人在等候。母亲不肯按顺序等候，她在诊室门口大喊大叫，引起了候诊病人和家属们的不满，我尴尬地向大家解释并表示歉意。最终惊动了医生，她说服了前面的病人，把母亲带进诊室。

这是一位很和善的中年女医生，她带着精神病科医生特有的耐心，和颜悦色地和母亲聊天。

“我姓陈，您呢？”陈医生笑眯眯地看着母亲。

“我姓崔。”在医生亲切轻柔的话语中，母亲逐渐平静下来。

“帮帮我吧，家里的日子真没法过了。”我恳切地说。

“会有办法的。”陈医生微笑着，很自信地说。

这次，医院的诊断结果是：母亲的病程已经到了中期。

从医院出来，我的背包里又增加了新的药品：艾斯能，还有维思通（利培酮旧名）。这已经是第四次尝试用药了，第一次服用安理森，因泻肚而中止；第二次服用神经节苷脂，因兴奋而放弃；第三次改用中药换元丹、脑得生等，还有喜得镇、罗拉什么的，都不见效果；但愿这次能有一点作用，至少能让母亲安静下来。

今后会怎样？我根本不愿想也不敢想，走一天算一天吧。我知道，这本来就是一场注定打不赢的战争，母亲的病将无情地恶化下去，没有任何办法可以中止这种恶化，除非死亡。作为母亲的长女，我别无选择，只能陪伴母亲走完人生最后悲惨的岁月。这必将是一段充满压力、痛苦的日子，我甚至不知道自己是希望这段时间长些好，还是希望它尽快结束而变为回忆好。这样说，或许残忍，但这时间代表的是母亲的寿命，同时也是包括母亲在内的全家人的苦痛。

迹象，心率也一直在高位运转。

第四章

*

2004年

战胜死神

睡不着，我就坐在母亲的病床前，死死地盯着医疗监测仪。已经输液三天了，母亲却丝毫没有退烧的迹象，心率也一直在高位运转。

2004年1月×日

临近猴年春节，小栗回家过年了。

也许是因为艾斯能的作用，母亲已经不那么狂躁了。陈医生说有办法，还真的有办法，早知如此，为什么不早点就医？

虽然母亲好些了，但是小栗一走，家里还是乱了方阵。离春节放假还有一段时间，我只好从沈阳请来了志鹏表哥的女儿小萍，帮忙照顾母亲几天。

也许是因为母亲和表哥从小一起在姥姥身边长大，所以这许多年来，我们两家一直走动频繁，我家遇到什么难题，总是习惯于向表哥家求助，上一辈如此，没想到我这一辈，依旧如此。20世纪60年代，“文革”刚刚开始时，不知是哪里的一道命令，遣送所有成分不好的人离开北京。姥姥不能在我家继续住下去了，她被表哥接到沈阳，在没有任何血缘关系的长孙家度过了人生最后的日子。可怜的姥姥一辈子没有离开过自己的小女儿，在她离京的那天早上四五点钟，我起来上厕所，惊愕地发现她把裹脚布结成绳子正准备上吊自杀，我的惊叫声唤醒了全家。姥姥被救了下来，带着无尽的牵挂，随表哥去了沈阳，不久就去世了。

从辈分上说，小萍叫我表姑，其实她比我还大两岁。小时候，我们经常在一起玩儿。小萍长大后先是去农村插队，后又返回城里当工人。这两年，工厂不景气，她已经提前退休了。

母亲还能认识小萍，有娘家人来，自然很高兴。可是高兴归高兴，她却不愿意让小萍住下来。不想让人家住，又不好意思明明白白地撵人家走。于是母亲就拐弯抹角地说，行了，你也看到了，我挺好的，不用人照顾，你回家照顾你爸去吧，你爸也生病呢。小萍说，姑奶，我爸已经走了几年了。母亲又说，那你回家带孩子去吧，你的孩子在家哭呢！小萍说，我的孩子已经大了，都工作了，不需要人带了。

“那你也回家！不要住在我这儿！”母亲最终还是急了。

“好啊，好啊，我走啦。”小萍说着真的就出门了。她在外面转一圈，一会儿回来说：“车票卖完了，我明天再走吧。”

就这样连哄带骗的，小萍总算在我家住了一个星期。

今天，单位放年假了，下午我去火车站送走小萍，开始正式当家。

晚饭后，父亲坐在沙发上看《新闻联播》，我和母亲坐在一边闲聊。不知为什么，母亲忽然变得格外清醒。

——你快回家吧，天黑了，路上危险。母亲关切地提醒我。

——今晚我不走了，我住在这儿。我说。

——不走了？那行。母亲对我倒一点也不排斥，听说我要住下，她甚至还有几分高兴。

——我去给你拿被子吧。

——不用，我都搞好了。

——好啊，好啊，我大闺女今晚不走了。

我去厨房烧开水，回到客厅时看见母亲静静地坐在那里，面容祥和而宁静，这个日日鸡犬不宁的家仿佛又回到了温馨的过去。我有多久没有看到母亲这种熟悉的神态了，难道是她又恢复了心智？可是，这怎么可能呢？

我看着母亲，母亲也微笑着看着我，不知为什么，她光洁的脸庞忽然让我生出一种隐隐的不祥之感……

2004年1月×日

今天是年三十，往年这时都是嫂子主厨，我打下手，热热闹闹地一起准备年夜饭。今年，嫂子回上海娘家了，只有我一个人里里外外地忙活，心里还真有些空落落的。

从午睡起来一直忙到掌灯时分，年夜饭算是备齐了。哥哥和侄儿回来了，大虎（我先生）和阳阳（犬子）也到了，家里一下子有了人气。每年的这个时候，父亲都很兴奋，忙着四处打电话拜年，今年同样如此。

“过年好——”父亲把声音拖得长长的，“家里都好吧，孩子们都回来了吗？我家孩子都来啦！”父亲耳背，说话声音格外大。我们都五十多岁了，他还像过去一样习惯地叫我们“孩子”，在我们面前，他似乎找回了年富力强的感觉。

母亲闲着没事，围着摆得满满的餐桌转来转去，最后满意地点评道：“盛大家宴啊！”

说句老实话，母亲今天的表现真是棒极了，一点也不像病人。面对头脑清醒的母亲，我反而有些不适应了，从道理上说，这不合情理，这个病的病程是无可逆转的，她怎么会有这种向好的表现呢？

开饭前，母亲又糊涂了，不过只是一个小插曲。

“老太太呢？”她问我。

“老太太？哪个老太太？”我诧异地问。

“我妈呀。”

看着我疑惑的表情，母亲又说：“我妈，你姥姥。该吃饭了，你姥姥去哪儿了？”

“我姥姥？不是早……”我忽然想起日本朋友的话，就把后半句话咽了回去。

“这老太太也真是的，刚才还在这儿，这会儿又跑到哪儿去了？吃饭也不回来，这么让人操心！你不知道，她这阵子得病了，是糊涂病，这让我怎么办哪，我自己身体不好，还要照顾她！”母亲居然抱怨上了。

我赶紧哄她：“哦，姥姥呀。她去表哥家过年啦。”

“怎么又去那儿了呢？也不说一声。”母亲嘟囔一句，不再寻找。

年夜饭，母亲和我们一起团团围坐在餐桌前，外面传来阵阵鞭炮声，羊年即将过去，猴年就要开始了，不知明年春节，全家人是否还可以这样平和幸福地团聚一堂？

2004 年 5 月 × 日

利用五一长假，我到南京看望我先生。

到南京的第二天，哥哥就来电话，说母亲病了，发高烧，让我火速回京。

我心中浮起一种不好的预感。母亲患阿尔茨海默病已经三年了，想到她这样一位百病缠身的人一直经受着如此折腾，这次发烧不知道意味着什么？它是否预示着母亲身体的全面崩溃？

我对先生说，不知妈能不能闯过这一关，我先回去，如果有事，我会打电话，你也做好回去的准备。

我到医院时，母亲正昏睡着。她的脸烧得红红的，心率每分钟一百多次，身上插着各种医疗管子，着实病得不轻。

哥哥对我说，老太太真不简单，病成这样还非常镇定。入院那天，医生说要做最坏的准备，老爹当场就哭了。妈反倒冷静地宽慰他道，不要哭，我死不了，你别害怕。

我觉得不可思议。如果母亲说这话是在患病之前，我会觉得很正常，因为这符合母亲的性格，淡漠一切世间事，包括自己的身体和生命。可是母亲已经糊涂几年了，怎么还能说出如此清醒的话来？难道发烧也能让人的神智得以短暂地恢复？

是夜，我在医院陪床。

睡不着，我就坐在母亲的病床前，死死地盯着医疗监测仪。已经输液三天了，母亲却丝毫没有退烧的迹象，心率也一直在高位运转。医生说，这样下去很危险，会造成心力衰竭，并且很容易引发肺炎。

母亲就这样去了吗？记得过去在一次闲聊时母亲曾对我说："你姥姥给我算过命，算命先生说你姥爷是阎王爷，有他保佑，我的命大，他不收我，我就活着。"

其实，母亲根本不相信什么算命，我当然也不相信。但是我承认，母亲的确命大，从小到大，有多少次鬼门关她都幸运地闯过来了。两岁那年，害伤寒她活下来了；二十多岁，血管破裂大咳血她活下来了；五十多岁，患严重气血胸，医生都认为无望了，她又活下来了……记得当时一位很权威的老中医给母亲看过病后，摇摇头，认真地说了四个字：带病延年。

一晃又是二十多年过去了，母亲依旧活在世上。她患阿尔茨海默病也有三年光景了，说句老实话，自从诊断出这个病，我就害怕母亲坚持不了很久，因为她身体里的能量在病魔的一次次折磨下，早已经耗干了。

没有想到，一周之后，母亲退烧了。她又一次和死神擦肩而过。

医生说，这简直不可思议。我不能不惊叹母亲强大的生命力，冥冥之中难道真的有什么神奇的力量在保佑着她?

母亲又回到了我们中间，她颇为得意地说：“我说了嘛，我死不了。”

2004 年 12 月 × 日

又到年底了。

这一年，母亲的病情基本平稳，是艾斯能和维思通的作用吗？这组药服用一年多了，母亲的癫狂状态好了许多，尽管依旧多动，还是喜欢不停地走来走去，但是至少不再狂躁。家里的每一个人似乎也都习惯了母亲的“永动”，不再为此感到焦虑和不安。

我每月定时到医院为母亲取药，不指望这药能有回春之功，只是希望能把现状尽量地维持久些，再久些。

第五章

*

2005年

从失智到失能

“我不去，我没有拉裤子！”母亲竭力保持着最后的自尊。

我和小栗把母亲带回房间，情况果然如此。为母亲洗浴更衣之后，母亲仍呆呆地望着丢在一边的脏衣裤，嘴里一直在喃喃自语：“不是我，我没有拉裤子。”

2005年5月×日

关于母亲，我已经很久没有写什么了。2005年时间已过近半，我还只字未写。

这些日子过得平稳，似乎无更多事情可记，然而就在这平稳之中，母亲的病情已悄然发生了变化，只是我们都忽略了。

母亲变得木讷了，说不清楚这种变化始于哪一天。她说话明显减少，口齿也开始含糊起来。这是病情发展的一个阶段，还是服用了艾斯能的药物反应？现在她已经不拒绝任何人的帮助，不再和保姆较劲，不再和父亲闹气，也不再会为一些疯狂的想法折腾得天翻地覆，似乎进入一种十分稳定的状态。

生活似乎又找到新的规律。每天一早一晚，父亲会拉着母亲的手，在院子里散步。这一阵子，母亲就像一个孩子，你走到哪里，她就会乖乖地跟到哪里。回到家里，父亲写字画画，读书看报；保姆打扫卫生，买菜做饭；母亲就一个人不停地在房间里走来走去。人的适应力往往超出自己的想象，全家人似乎都接受了母亲的病态。现在任母亲怎样在房间里绕圈子，大家都不会再为此烦恼，而母亲的“木讷听话”更是让每一个人都松了一口气。

看着母亲永无休止地在房间里走动，我感到不可思议。她那样羸弱的身体，生病前连半小时路程都走不了，现在的劲头是从何而来呢？小时候我和母亲一起出去买粮买菜，那时候母亲正年轻，却经常体弱无力，背粮、提菜等，负重的人一定是我，而途中休息的原因一定是母亲累了。现在母亲老了，且一身是病，却开始永远不知疲倦地运动着，是什么力量在驱动着她？

洁身自好的母亲不能容忍苟且残生。很多年前，她在一次犯病时对我说，如果活着遭罪，那就不如早点走。说着，她居然从床头柜里拿出一瓶安眠药说，你看，我存的，一旦哪天真不行了，我就自己走。我相信母亲说的是真心话，病弱的母亲性格中不乏刚烈的一面，生命的尊严感让母亲只愿意好好地活着，否则她宁愿结束自己的生命。

现在母亲真的在受罪了，并且也许更遭罪的事情还在后头，可怜她对此已经全无意识，她再也没有能力像过去那样掌控自己的命运了。

2005年5月×日

母亲身体中那可怜而低质量的平衡，今天又一次被打破了。她，大小便失禁了。

是保姆先闻到的异味。

“什么味儿呀？”大家正在客厅闲聊，小栗突然说，“怎么这么臭？是不是老太太拉裤子了？”

“我没有，你才会拉裤子！”母亲马上抗议。

父亲的眼睛一下子直了：“你们说什么哪？老太太怎么了？”他耳朵不好，没有听清大家在说什么，却敏感地意识到又有什么不好的事情发生了。

“走，我们回屋看看去。”小栗说着要扶母亲回卧室。

“我不去，我没有拉裤子！”母亲竭力保持着最后的自尊。

我和小栗把母亲带回房间，情况果然如此。为母亲洗浴更衣之后，母亲仍呆呆地望着丢在一边的脏衣裤，嘴里一直在喃喃自语：“不是我，我没有拉裤子。”

过去曾听医生介绍过，阿尔茨海默病的第三个病程是大小便失禁，难道母亲已经到了这个阶段？一年前，医生还说母亲正处于病程中期，怎么这么快就发展到晚期了呢？如果用最通俗的五项能力标准评估母亲：吃饭、梳洗、穿衣、如厕、行走，现在她唯一能做到的只有第五项——行走了。母亲还会走路，尽管步履蹒跚，但却走个不停，其他四项，她都需要有人辅助了。

我曾经是那样期待母亲不要落到这一步。我听说阿尔茨海默病病人的症状各有所异，并不是所有的人到最后都会失去全部自理能力，身边一位朋友的母亲即是如此。我因此也一直希望我的母亲也能把这道个人尊严的最后防线，守护到生命的终点。有时候我也诘问自己：我这种期待有什么意义吗？任何生命的终结，不管是猝然离去还是苟延残喘，除去自我选择安乐死，谢幕都是不可自控的。对于一个失去思维意识的人，尊严与否只是他人的感受，与病患自身毫无关系。现在我面前的母亲，她只是我的母亲，不管她是瘫、是痴，我都有责任帮助她完成她的人生，就像她当年豁出自己的性命，开启我的人生一样。尽管这样不断安慰自己，但我依旧不愿想象母亲失掉了全部隐私权，没有任何尊严地活在世上。

现实是残酷的，该来的还是来了。

午饭做好时，母亲靠在沙发上睡着了。我忽然意识到，这段时间母亲其实已经衰弱了许多，虽然睁开眼睛还是会亢奋地走来走去，可是她要想从沙发上站起来，已经需要有人搀扶才行了。

一家人在餐桌前坐下。我把烧得烂烂的鸡肉剔下来，拌上青菜，一并放在母亲的盘中。母亲吃得很认真，一口饭，一口菜，一块肉，再喝一勺汤，井井有条，一丝不苟。

母亲的手开始发抖了，吃饭的每一个动作，她都要抖颤着手，努力半天才能完成。我很想帮她一把，可是医生说要尽量让她自己做事情，还说这也是延缓病程的一个方法。

看母亲用餐，我心中涌出一缕莫名的感动，这是在吃饭吗？这分明是在执着地追逐生命，那一招一式就像在完成一项神圣的使命。这时我忽然觉得失去自理能力不那么重要了，大小便失禁也算不了什么，生命是神圣的，在亲人的关爱里活着，这才是最重要的。

饭后，我开车出去，买回了坐便椅、成人纸尿裤，还有湿纸巾、护理垫等。无论现实怎样残酷，我们总是要面对，兵来将挡，水来土掩，生活还要继续。我会尽自己所能，让母亲活好，让父亲舒心，让日子踏实地过下去。

2005 年 6 月 × 日

凌晨四点，电话铃声急促地响起。

听筒里传来父亲焦虑的声音："你妈妈，你妈妈发烧了……三十九度八。"随之是呜咽，父亲近来越来越脆弱了。

"我马上回来。"

驱车到家，门口停着一辆 120 救护车。

"我半夜起来，叫你妈起来上厕所，发现她发烧了，一点劲儿也没有，到了厕所，她'扑通'就坐到马桶上，马桶圈还没放下呢。我就拉她起来，想放下座圈，就那么一会儿工夫，她一屁股坐到地上，头就磕到洗脸池上了。"父亲喋喋不休地说着，边说边哭着捶打自己的头，"我老糊涂了呀，我干吗一定要拉她起来呢？她烧得没劲儿了，她根本站不住了啊。"

母亲躺在床上，双眼紧闭，右额有一块很大的紫斑，一直延伸到眼角。

"妈，疼吗？"我问道。

母亲没有睁眼，也没有应答，甚至连哼一声都没有。

母亲被抬起来，我陪同她上了救护车，把父亲的哭声留在身后。

经过问诊、检查等一套程序之后，母亲终于静静地躺在医院的病床上，开始输液了，她的头无力地垂在枕头一边，人一下子又衰弱了许多。

母亲这次发烧来得快，去得也快，住院两天后她就退烧了，不明不白的，也没有查出到底是什么原因。退烧后的母亲很虚弱，她额头上的紫斑蔓延开来，从右额头到右眼，再到左眼，进而整个脸的上半部都变成了紫色。

在医院做了全面检查，脑 CT 确认没有颅内出血，医生建议回家静养，因为在医院容易交叉感染，家里的条件更舒服些。我同意医生的意见。今年夏天北京实在太热了，刚刚进入六月，每天就像生活在蒸笼里。病房里，空调开多了对病人不好；开少了，那混浊闷热的空气又令人喘不上气来。既然体温正常了，余下的治疗只有输液，那么还是回家吧，小区门诊部也有输液病床，条件比这里好很多，可以在那里继续治疗。

2005年6月×日

带母亲去小区门诊部输液，医生见了母亲，惊愕地一下子跳了起来。

“老太太这是怎么了？怎么不送医院？”

“刚出院的。”我将情况做了介绍。

“就这种情况，你们还敢出院？这么大岁数，不要说刚刚高烧过后，就是光摔这一跤，也应该在医院里观察一段时间，等稳定了才能出来。这眼眶的瘀血随时可以引发颅内出血，这太危险了，赶快回去！”医生态度坚决。

“可是……”

“没有什么可是，这样的病人我们不敢负责，赶紧送回去！”

就这样，刚刚出院两天的母亲又回到了医院。

说句老实话，母亲的状态也令我很不踏实，她衰弱得就像一支风中的蜡烛，好像随时都会熄灭。而且这次发烧后，她愈发地糊涂了。

“妈妈，我是谁？”

“不认识。”

“您好好想想，真的不认识吗？”

“认识。”

“我是谁？”

“你是我儿子的妹妹。”

回答正确，却又令人哭笑不得。这是母亲的幽默，还是此刻她大脑思维环路的真实状态？

2005年7月×日

母亲重返医院又有十多天了，脸上的瘀血渐渐褪去，只剩下眼眶周围还有一圈青紫。

这半个月，我每天下班后都是先去医院看母亲，然后再回家看父亲，最后回到自己的小家休息。好在目前北京只有我一人过日子，先生在外地工作，儿子在国外学习，这样除了上班，我倒是有大把的时间照顾父母。

母亲看到我很开心。她拉着我的手说："我的大姑娘来了，真漂亮，我的女儿，漂亮。"

这一阵子，母亲时而记得我是她的女儿，时而又把我当作她已经去世多年的五姐。"小五子，咱妈怎样了？我好久没看见咱妈了，你告诉她，我想她了，让她抽空来看看我。"她几次这样对我说。

小时候，五姨曾到我家做客，我很喜欢这位长辈。她和母亲的性格迥然不同，母亲矜持内敛，五姨却活跃开朗。母亲从不和我们玩笑，五姨一来就教我唱歌、跳舞、翻跟斗。母亲称呼其"小五子"，五姨也不在乎。姥姥似乎不大喜欢五姨，据说当年城市居民划分成分，本来姥姥一家孤儿寡母，被划为

“城市贫民”。可是五姨为追求进步，带上一伙青年到自己家抄“浮财”。姥姥说，他们拿走了整箱子衣服细软。拿走衣服倒也没有什么，最糟糕的是姥姥的成分却从此由“城市贫民”变为“地主”。那年母亲十六岁，还不懂其中的利害，后来母亲参加工作了，申请入党时，才发现这样的出身成为自己进步路上的最大障碍。

天色暗了，我准备走了。

“回去吧，天黑了。”母亲站起身，很通情达理地说道。

“妈，您起来干什么？”

“送送你啊。”说着，她拉着我的手向外走。

“不用送了，您早点休息吧。”

母亲乖乖地站住了，一副依依不舍的样子。

离开病房，我没有马上回家，而是去找医生问问母亲什么时候可以出院。每次和母亲分手，我心里总是很难过。母亲无依无靠的目光，还有弥漫在病房里那压抑的空气，总让我有一种把母亲遗弃似的内疚。

医生说，母亲随时可以出院了。她目前有两个最大的问题：一是智力严重下降，她现在只有几岁孩子的智力，再发展下去，恐怕会进一步影响到运动神经，到那时人也许会失去行走能力，只能卧床了；二是虚弱，这也是无可逆转的。所以，目前除了静养，医院无任何治疗手段。

我在心里叫苦，母亲看似柔弱的生命是如此顽强，她一步一步地踏在魔鬼铺就的路上。我明明知道前方是万丈深渊，却别无选择。

决定了，明天接母亲出院！不管怎样，家里还有亲人的爱。

2005年7月×日

今天，父母双双住院。

母亲出院还不到十天就又回来了，这是今年入夏以来，她的三进“宫”了。午觉起来，我发现母亲又发烧了，第一个反应就是立刻送进医院。

刚刚将母亲安顿就绪，就接到父亲的电话，他喘着粗气，只断断续续地说了几个字：“我喘不上气，快回来！”随即挂断了电话。

我赶回家时，父亲正仰靠在沙发上，艰难地喘着气，见我进来，他并不说话，两眼直直地看着我，那目光里有恐惧，有焦虑，也有期待。什么都不用问了，赶紧送医！医生的诊断结果是：父亲左心室心衰，需要住院治疗。

这样也好，我苦笑着告诉自己，父母同住在一个医院里，免得我两头牵挂。

入夜，因暂时无病房，父亲依旧在急诊室监护观察。我坐在外面走廊的长椅上，很困，却没有睡意。这真是一个多事之夏，母亲频繁地住院，父亲也开始心衰，今后的日子可怎么面对呢？

愁啊。

2005 年 8 月 × 日

住院一周后，母亲退烧了。可是她依旧终日躺在病床上。今年入夏以来，母亲反反复复地发烧，每烧一次，便衰弱一大截，现在她甚至连坐一会儿的气力都没有了。

卧床不起的母亲，精神时好时坏。

精神好时，母亲眼中熠熠有光，脸上皮肤光洁发亮，思维亦变得清晰起来。看见我来，她会拉着我的手，用另一只手去摸我的脸，母亲原本是一个情感内敛的人，我记忆中的母亲从来没有过这样亲昵的动作。

“我闺女真好。”她由衷地说。

我要走了，她恋恋不舍。“这就走啊，才来这么一会儿就走啊，再坐一会儿吧。”她紧拉着我的手不愿松开。

精神不好时，母亲躺在床上一句话都不说，眼睛也懒得睁开，取下假牙，看那干瘪的嘴，好像有一百多岁了。

无论母亲情绪好坏，只要我去了，都会把病床摇起来哄她坐一会儿，且东拉西扯地逗她说话，我怕她就这么永远地躺下去了，从此不再站起来，直至生命的尽头。

2005年8月×日

母亲每天可以在沙发上坐一会儿了，有时甚至还能下地走几步。

父亲的状况却令人担忧。住院多日，他的情况一直没有明显好转，还是经常胸闷气短。这次生病，父亲很在意，也很害怕，可是却做不到医生要求的“静养”。他的情绪很不稳定，时而忧郁，时而躁动，还时不时找点碴儿大闹一场。

今天，我在病房陪父亲说话，照顾母亲的护工来找我谈事情，母亲也跟着过来了。我本以为父亲看见母亲会高兴，没有想到他的脸色突变，冲着护工大声吼道：“你带她来做什么？出去！”

母亲吓得转身跑了，护工也跟随而去，父亲则趴在病床上大哭起来。

“完了，完了，这回完了。让你妈妈看见我这副样子，完了，全完了！”

我不懂父亲在担心什么？生病在床，这怎么了？为什么怕让母亲看见？怎么就全完了？

我不明白，却不能问，也无法相劝。父亲用脚踹床，用手拍床，哭得全身颤抖，直到喘不上气来。我唯一能做的是跑去找医生，医生赶过来，给父亲打了一针安定。

父亲终于睡着了。我到隔壁病房安抚母亲，护工问我："大姐，我做错了什么吗？"

"你没有。"我说。

"刚才那个老头儿嚷嚷什么？"母亲在一旁不满地问道。

这一刻，母亲完全把父亲忘了，视他为陌路人。

2005 年 8 月 × 日

父亲身体终于好转。住了二十多天医院，他总算可以回家了。

今天，接父亲出院，离开前先去看看母亲。

母亲坐在沙发上。我一进屋，她便说："来了一个老太太。"我笑了，她也笑了。

我问："我是谁？"

她说："我不管你是谁。"

我明白，此时她说不出我是谁，每当她没有答案时，便会这样机警地回答。

"我漂亮吗？"我问。

"你不漂亮。"她回答得很干脆。

父亲出院前也来看母亲。母亲说："你走吧，不用管我，这儿挺好的，有吃有喝的，什么都不缺，你不用惦记。"

母亲说得多好啊，一点也不像一个阿尔茨海默病病人！人的大脑是多么不可思议，不知是哪根神经回路发挥了作用，母亲会表现出这样间断性的清醒。母亲也想出院，但是她还在发低烧，医生说需要继续留院观察治疗。

回家安顿好父亲，本应马上去上班，不知为什么，我眼前浮起了母亲送别我们时依恋的目光，心有不忍，便又返身回到医院。在住院部的楼道里，我看到了让人心酸的一幕：时值中午，护工步履匆匆地要去食堂打饭，母亲目色慌张、寸步不离地紧随其后，那神态就像是一个犯了错误、生怕被父母遗弃的孩子……我的心一阵阵抽紧，家人不在身边，母亲是那样地无助和可怜。

我快步上前，一把拉住了母亲，娘啊。

2005年8月×日

焦头烂额的一个月。

父亲出院后，一直在闹情绪。

哥哥下班后去看他，他就希望哥留下来陪他住。哥说，还是有事打电话吧，我住得近，随时可以过来。父亲就不再说话了，却难以自抑，不声不响地抹起眼泪来。

我几乎天天回家，却似乎不能给他带来任何安慰，他或是阴沉着脸一言不发，或是大哭一场向我宣泄他的悲伤。

留在医院的母亲依旧在不明原因地发着低烧，该做的检查都做了，该用的药也都用了，可是体温就是顽固地停留在三十七度八。

这一周，哥哥也病了。热感冒，发烧，好生难过！他原本也不是身体强壮之人，这样大热的天，家里家外折腾这么久，病上一场也在意料之中。

照顾二老的责任义不容辞地落在我一个人身上。这段时间每天下班后，我先到医院看娘，再到家里看爹，辛苦倒没什么，只是母亲莫名的病情，父亲阴郁的心情，像两块大石头，重重地压在我的心上。

今天下午去医院，病房里没有人。护士说，母亲的情况稍好一点，就在房间里待不住了，有点体力就向外跑。我到医院的小花园去找母亲，看见护工陪她在散步，恰好一位中年男子路过，母亲就死死地盯着人家看，随即说了一声："志鹏来了！"说完便追了过去，我赶紧冲上前将她拉回来。

看到我，母亲很高兴，乐呵呵地随我回到病房，她已经把刚才的事情全忘了。我们坐下来吃水果，我削皮，她就坐在一旁静静地等，我把削好的梨递给她，她接过来吃得香甜，像幼儿园里的乖孩子。陪母亲坐了一会儿，我要走了，她也站起身来想跟我一起走。护工过来拉她，她甩开护工的手说："你拦着我干什么，我要跟我五姐走。"她这会儿又把我误认为是她的姐姐了。这一阵子母亲总是在不停地寻找，寻找姥姥，寻找五姨，寻找表哥，她似乎一心一意想回到过去，找不到亲人的感觉令她惶惶不安。我不知道这是疾病产生的幻觉，还是孤立无助的母亲在冥冥之中寻求保护？两年前折磨全家人的强势母亲此时消失得无影无踪，现在站在我面前的是一个完全没有生存能力的弱者。

母亲可怜巴巴地望着我，那目光实在令人不忍。我拉着她的手说："妈，我回家去看看爸，你好好养病，争取早点回家。我明天再来看你。"她望着我，好像听懂了，却并不松手。护工说："你女儿晚上就来看你。"她把手松开了，却依旧看着我，目光里充满不舍。我纠正了护工，说："我明天再来。"我不想骗母亲，虽然我知道她根本记不住，但我还是不想骗她，我一生没对她说过谎，我怕她会等我，我怕她会失望。

走出医院大门时，夕阳早已不见踪影，西方天边还剩下最后一抹红云，几只归巢的乌鸦急匆匆地从暗蓝色的天空掠过。

我心里空荡荡的，在路边的石墩上，我坐了很久很久。

第六章 ＊ 2006年

重返童年

我在病房和护工谈话，母亲并不理会我们，径自躺在床上拍她的娃娃睡觉。她用毛巾被盖上娃娃的肚子，嘴里含含糊糊地念叨着：“可别着凉了，乖乖睡，乖乖睡啊。”

2006年1月×日

临近春节，小栗依惯例回老家过年。中国人一年一度最隆重的节日是我每年最狼狈的时候，每到这个时候我都要请一位替班保姆。可是这时人人都要回家团圆，想找一个人谈何容易。

生活的压力令人寡欢。朋友们都说我是一个乐天的人，可是当你的亲人必须依靠你才能生存，而你又必须因此求助于他人时，你真的是一点也潇洒不起来了。

折腾了两三天，千辛万苦地总算找到了一位顶班的保姆，但是还要过几天才能到，于是我便充当了临时保姆的角色。全天候在家，得以近距离关注母亲，我发现她竟然几近失语，她原本话就不多，现在一天也难得开一两次口了。

“妈妈，我是谁？”我逗她说话。

母亲微笑着看着我，并不回答。

“妈妈，喝水吗？”她点点头，依旧不说话。

“妈妈，想上厕所吗？”她摇摇头，还是不说话。

此时，我多想从母亲口中多挖出一句话来，哪怕是一个字、一个发音也好。

“妈妈，你叫什么名字？”

“崔书琴。”母亲终于含含糊糊地吐出三个字，再问下去，便又没有回音了。

和母亲费力地交谈，我发现她似乎还可以理解对方的话，只是很难回应，失语也是这种病的一个阶段特征吗？

陪母亲出去散步，母亲对周围的一切都很漠然，她走得很慢，腿微微有点跛了，这又是从哪一天开始的呢？母亲并没有摔过跤，也没有过任何大的磕碰，可是她的一条腿却弯了起来，无论是走路还是站立，就这样僵硬地弯曲着，似乎再也伸不直了。

母亲的饭量减了。今天午饭，我特意为她包了小饺子，连劝带喂的，她只吃了七八个，便不肯再张嘴了。现在母亲吃饭的速度也很慢，一顿饭要吃上一个多小时，往往是大家都吃完了，只有她自己孤零零地坐在餐桌前，我们实在忍不住时就喂她几口，尽管医生不建议这样做；有人喂饭，母亲就更不愿意自己动手了。

母亲的病目前处于哪个阶段？如果用医学语言，现在应该叫作“失能阶段”吧，母亲正在一天天地失去生活的自理能力，除了走路，其他一切都需要人辅助，要帮她穿衣，要帮她夹菜，要定时带她去厕所。如果从 2001 年那个春季算起，母亲病了已经整整五年了，前面的路还有多长？等着母亲的还有哪些煎熬？

午觉起来，母亲安静地坐在沙发上，不停地揉搓着双手。

很多年前，由于血液循环不好，每天早晨起床，母亲手上的血管都会因淤血而隆起来，像有一条条蚯蚓爬在手背上，看上去很是怕人。医生说为避免产生血栓，要经常揉搓，从那时起母亲便养成了搓手的习惯。患上阿尔茨海默病后，手背上血管隆起的现象神奇地消失了，可是母亲依旧保持了这个习惯，现在只要坐下来，她还是会不停地搓，两只手上下交替着，一下又一下，认真而执着。

这仅仅是一种习惯吗？还是母亲潜意识中对生命孜孜不倦的追求？

2006 年 6 月 × 日

今天是星期日。

进入六月，天气一下子就热起来了，该换季了。上午回家拿出父母的薄被、凉席和衣物，忽然想到这个夏天是否该给他们再添置点什么了。

自从母亲生病以来，老两口儿的日常所需都是我来打点。春买毛衫、冬置袄，我却从来没有细细盘点过，他们现在都有什么，还缺些什么。父亲的凉鞋是不是应该换了，这几年都没有买新的了。

在商店里逛了整整一个下午，大包小包收获颇丰地回到家，其中最中意的是给父亲买的凉鞋，防滑底、皮面，样式也很前卫。父亲的第一句话是："现在我的鞋都穿不完，怎么又买呢？"问过价钱，嫌贵。穿在脚上，舒适大方。他高兴了，说道："这鞋真好，穿着真舒服。你妈没有生病的时候，就想给我买一双这样的凉鞋，她病了就一直没买，现在有了。"说着，他站到母亲面前说："你看，你一直念叨要给我买一双这样的凉鞋，闺女给买回来了。"母亲茫然地看着他，没有任何反应。

眼泪在眼眶中打转，是我的疏忽，没有把父亲照顾好，一双凉鞋就给他带来这么多快乐。耄耋老父本应得到儿女最悉心的照顾，可是他不仅没有得到足够的关心，自己还在照顾着病人。父犹如此，儿何以堪?

2006 年 6 月 × 日

母亲日益消瘦。

这半个月，母亲的变化很大，人一下子瘦了，今天称体重，只有四十三公斤。前几个月母亲一直食欲不佳，但身体似无大变化，剧烈消瘦好像就发生在这短短几天的时间里。这几天母亲大便次数很多，只要上厕所，一定会大便，并且吃什么，便什么，吃下的东西没多久就又原封不动地被排出体外。咨询一位医生朋友，她说这或许是病变一天天深入脑干的结果，病灶已经影响到了消化系统的神经。她要我注意观察，加强护理，多给母亲吃些高营养、易消化的东西。

晚饭前，我看到手机上有一个家里的未接电话，显示的来电时间是下午三点。我的心又抽紧了，这个时间来电话一定有事情。

打电话回去，果然如此。小栗说老太太拉肚子了，到小区门诊部看过，医生说是消化不良，要停止吃一切带油的东西，肉蛋菜统统要停一段时间，在痊愈之前只能喝大米稀饭。老爷子犯难了：人本来就很瘦了，这样一来岂不更是雪上加霜？

晚上赶回家去看母亲，她已经睡下了。虚弱的身体躺在床上像纸一样平平的，只剩下一个凸起的头无力地靠在枕头上。小栗说，吃过药，这会儿已经不拉了。看着母亲，我心里的这份愁啊，如果对照《早老性痴呆的护理与治疗》一书，母亲的病情似乎已经到了老年痴呆的最后阶段。这个阶段的特点是：任何行为都减少了，控制大小便的能力逐渐丧失，穿衣行走困难，饮食困难。书上把这段时间称为“走向死亡的日子”。但是，这时说“再见”还为时尚早，患者还将生命衰竭和死亡的过程一步步地展现在亲属眼前，而亲属们对此无能为力。这是世界上最残酷的演进过程，唯一可聊以安慰的是：患者本人对这一切并不知晓。

我和小栗谈话。告诉她，这一阵子她会很辛苦，老太太也许到了最后的日子。我们可以有两种选择：一是再请一位小时工分担一些她的工作；二是她依旧自己干，我再给她增加一些工资。她想了想，选择了后者。我不能想象如果没有她帮助，我该怎么办。

母亲在世上的日子还有多久呢？听一位信佛的朋友说，世界上任何人都有“真我”和“肉身”之分，“真我”是灵魂，灵魂借肉身作为载体在人世间行走。大彻大悟的灵魂是择良木而栖的，当肉身破败无法满足灵魂的要求时，灵魂会放弃肉身先行离去。我不是佛陀信徒，却对一切未知的事物充满敬畏，如果真有此事，我不知道母亲的灵魂是否还在，曾经那样高雅的灵魂怎能忍受今日如此不堪的躯体？手捧母亲年轻时的照片，美丽、清纯、文静，哪个是真实的母亲？是照片上的人，还是眼前这位被病魔折磨得丧失了一切尊严的老妇人？母亲的灵魂在哪里？依旧在她身上，还是早已飞上天国，在天庭俯瞰着我们——这些围着她的躯体团团转、在继续上演着人间悲喜剧的亲人？

娘啊，告诉我，您到底在哪里？如果您的灵魂有知，帮帮我，帮帮您的女儿吧。

2006 年 7 月 × 日

星期六，保姆休息了，我替班照顾母亲。

母亲肠胃依旧不好，虽然没有前一阵子那样排山倒海地腹泻，但是她的大便总是不正常。我想起过去母亲也曾有过久泻不愈的情况，当时医生说是抗生素用得过多，导致肠道菌群紊乱所致，建议多喝些喜乐多等乳酸制品，当时喝下后还真的很有效，这个方法今天是不是可以再试试呢？临睡前，我给母亲喝了瓶酸奶，我以为这样既可以补充营养，又有利于帮助母亲恢复肠胃功能。没有想到，第二天一大早母亲又开始猛烈泻肚了，原因就是那一瓶酸奶吗？看着一天天消瘦的母亲，我意识到这样下去不行了，如此虚弱的肠胃，光靠米粥维持生命，终究不是长久之计。

问医的结果：住院，彻查泻肚的原因；停食，让肠胃充分休息；输液，补充营养恢复体力。

母亲又要住院了。每次送母亲住院，想着她又要一个人待在陌生的病房，孤独而没有安全感，我的心中总是不忍，可是难道还有什么其他办法吗？母亲好像明白了什么，离家前她靠在墙上，看着我喃喃说道："我不去，不去。"这情景让我想起儿子小时候，刚上幼儿园那几天，我们也这样对峙过。没有想到儿子当年那种恳求的目光，如今重现在七十七岁的母亲眼中。我不敢和母亲对视，装作什么都没看见，转身出门了，母亲竟和当年她的外孙一样，乖乖地跟着我走了。

其实医院离家很近，就在小区大门外。父亲想去看母亲很容易，散步到门口，出了大门就到了。我们照顾母亲也很方便，一日三餐都由保姆做好了送过去。我在医院请了一位二十四小时的护工。因为是老病号了，这里的医生护士我都很熟悉，和一些医生甚至已经成了朋友……把母亲放在这里，按理说应该没有什么不放心的，可是到了晚上，一想到母亲孤零零一个人待在医院，总是牵挂得很。

在护士站给母亲称体重，三十七公斤！难怪母亲已瘦得脱相。前几天在家里称时还有四十二公斤呢！她还要继续消瘦下去吗？可怜的娘啊，为什么是您？为什么世上的大苦大难您都要承受？

2006年7月×日

忙乱的日子又开始了，每天如同打仗一般。

母亲住院后，我每天穿梭于公司、医院、娘家和自己家之间。今天是星期六，我一天的日程表是：清晨八点，超市买菜；九点，医院看望母亲；十一点，回娘家为父亲做午餐，然后陪他吃饭；下午两点，到公司加班。

晚上回到自己家，一种久违的宁静让我长舒一口气——现在想独自坐在家里读一会儿书，都成为生活中的一种奢侈。好在我已经习惯了充满压力和无奈的日子，我尽量在忙碌中建立一种节奏，让自己过得从容些。

今天也有一件令人些许欣慰的事情，那就是解决了母亲的护工问题，这些天我一直为此感到焦虑。

母亲刚刚住进医院的第三天，护工小邓便提出不做了，那天我心急火燎地放下手里的一切事情，跑到医院去看究竟。小邓是河南人，三十岁左右，是一位面容和善、一见就让人心生好感的农村妇女。小邓不想做的原因有两个：一是母亲太累人了，一天尿床十几次，把她搞得手忙脚乱；二是责任重大，护士们七嘴八舌的叮嘱把她吓着了：不能摔着了，不能走丢了，喂饭喂水不能呛了，输液时不能让病人把针头拔了，等等，等等。小邓做护工多年，从来没有见过这样棘手的病人，索性要求不做了。我和小邓谈了许久，告诉她，熟悉了，掌握了规律就不难了，并诚恳地请她再试两天，实在不行再走。今天去探视，她明确表示说不走了，说我们一家都是好人，她愿意帮助我们照顾老太太到出院。出现问题，解决问题，更可贵的是还有他人的帮助，这样的日子不会太灰暗。

其实近来母亲大部分时间还是比较安静的。体力上，她衰弱至极，已经没有什么折腾的能力；神智上，她似乎回到孩童时代，终日爱不释手地抱着玩具娃娃，这些小玩偶似乎成为她唯一的倾诉对象。这段时间我给她买了很多娃娃，有男孩，有女孩，还有卡通毛熊等。母亲喜欢男娃娃，病入膏肓也并没有让她放弃重男轻女的观念。记得我刚刚结婚时，母亲就对我说："将来有了孩子千万别找我，我身体不好帮不上忙，你们小时候我都没有管过，现在就更别想了。"母亲说的是实话，我依稀记得妹妹小时候不肯走路要求大人抱，有人逗她说，去找你妈抱。她还不大会说话，却已经懂得这不可能，她断断续续地回答："妈妈，抱不动。"可是后来，当我哥哥有了儿子，母亲做了奶奶，她却把孙子抱在怀里再也没有松开，直到小侄子到了该上幼儿园的年龄才撒手。现在亦然，在我买的这堆娃娃中，母亲永远抱着一个憨态可掬的男娃娃，亲脑门呀，拍小手啊，爱得不亦乐乎。这使我不由想到，就算到了虚拟的世界里，她依旧是重男轻女吗？看着返老还童的母亲，我常常想，母亲还有思维吗？如果有，她在想什么呢？这娃娃于她意味着什么？是儿子？是孙子？还是其他什么角色？

我在病房和护工谈话，母亲并不理会我们，径自躺在床上拍她的娃娃睡觉。她用毛巾被盖上娃娃的肚子，嘴里含含糊糊地念叨着："可别着凉了，乖乖睡，乖乖睡啊。"母亲童稚的行为吸引了我的目光，我想，小的时候，我也有拍娃娃睡觉的经历，那时，微笑着看着这一场景的，是母亲。

我起身准备离开了，母亲突然坐起身，清楚地说出一句话来："谢谢你来看我啊。"

2006年7月×日

母亲还在继续消瘦。

住院十天了，母亲丝毫不见好转，依旧在一天天地瘦下去。今天哥哥去医院看母亲——前一阵子他感冒了，因为怕传染母亲，一直没敢去医院探视。一周未见，母亲的变化在他眼中格外明显。他一到医院便打电话问我："怎么回事？妈怎么瘦成这样？现在体重只剩三十五公斤。"

这几天，父亲也一直在追问我，你妈妈为什么那么瘦？是啊，我也迫切想知道原因。母亲实在是瘦得太夸张了，原本俏丽的瓜子脸只剩皮包起来的骨架，面部的每一块骨骼都看得清清楚楚，"形容枯槁"怕就是这个样子吧，医院里一些胆小的护士甚至都怕见到她。一本书里曾经这样描述阿尔茨海默病病人：他们身体瘦弱，只剩下皮包骨；他们形同骷髅，毫无目的来回徘徊……母亲当下的情况正是如此。看起来，消瘦似乎是许多此类病人的特征。可是每一位病患都必须如此吗？除去阿尔茨海默病的病理过程，母亲的消瘦真的没有其他原因吗？

主治医生和我商量，是否试着增加一点营养？此前为了止住腹泻，医院一直采取输液为主、流食为辅的治疗方案。这样做的结果是腹泻似乎有所缓解，但是消瘦却仍然在加剧。

按照医生的建议，我跑到超市买了活鲫鱼、南瓜之类，请保姆做鱼肉粥、南瓜粥给母亲吃。没有想到母亲吃过第二天就猛泻不止，一天大便十几次，忙坏了护工小邓。清水鲫鱼粥，一点油星儿都没有，吃了依旧不消化，这该怎么办呀？补充营养的计划就这样流产了，我们只能眼睁睁地看着母亲继续消瘦下去。我不知道如果一直这样下去，母亲还能支撑多久。

今天下班前，同事小朱约我晚上去看芭蕾舞。我说，我哪里还有那份心思？她说，就在公司附近的保利剧院，回家一个人胡思乱想也是烦恼，不如去放松一下情绪。她说的也有道理。

美的艺术令人陶醉，不过，看到“天鹅之死”一节，我的思绪很难再随着那凄美的凋零驻足、享受了。大提琴沉郁凄婉，悲怆弥漫。舞者激越顽强，跌仆无助……偷偷看了看旁边，观众们都凝神沉浸在骄傲的生命抗争中。唯有我从中感到了宿命的颤抖。生命是什么？固然有美丽的诞生和绽放，但这种美丽被摧毁又何其迅疾且无奈。艺术家追求生命毁灭的美感与永恒，但是当这一切降临到自己和亲人身上时，艺术显得何等无力。

此时，不知母亲是否已经睡着了？还在拍娃娃吗？她的梦绝不会如舞台上的天鹅一般激越，但在那孩童般的沉浸里，一定也有另一种美丽。

2006 年 7 月 × 日

母亲消瘦的原因终于有答案了。

前几天，医生告诉我，查出来母亲血液中的 T3、T4 指标都很高，她患了甲状腺功能亢进。由此，她这一段时间的手抖、多尿、多便等现象也就都有了合理解释。此前大家的关注点都集中在阿尔茨海默病上，忽略了在此病程中她也有可能同时罹患其他疾病。

新的治疗手段是：每天上午，输葡萄糖、钾、锌等治疗甲亢的药；下午交替着，输脂肪乳和氨基酸。这种治疗方法很见效，一周过后，母亲的情况有了明显的好转。人虽然依旧很瘦，但精神好了很多，最显著的效果是大小便的次数逐渐恢复正常。

这两天，医生告知母亲可以开始逐渐进食了。早上是稀饭；中午鱼汤面片，外加一块小发糕；晚上肉菜粥。此外，上午、下午在两顿饭之间，各加一次藕粉。算算，量不算少了，但愿母亲能消化吸收，早日康复。我比过去更勤地往医院跑。我知道母亲的生命来日无多，我要更多地陪在她的身边。

几场病后，衰弱的母亲更加寡言，不再和我们交流什么，可是我想她心里是清楚的，有我们在身边，她一定会高兴。我仿佛觉得，此时母亲的生命像是一条漂在河里的小船，小船无桨无舵，牵着小船向前走的那条绳子就在我的手中，如果我不经心撒开了手，那小船便会漂得无影无踪了。

2006年7月×日

今天是星期日，时间充裕。我早饭后去医院看了看母亲，之后便回家陪父亲。

母亲住院的这段时间，父亲的身体也一直不好，总是感觉乏力，稍一活动便气喘吁吁的。我担心他的心脏又出问题了，提议他住院检查一下，正好母亲也在医院，这样他想看母亲也方便，父亲却坚决不肯。这些日子他又进入一个情绪低落周期，原因可想而见，一是母亲长时间住院不见康复，二是自己的身体也不停地出各种毛病。前几天，父亲说眼睛疼，我带他到医院检查，医生说，他那只已经失明的左眼眼底发炎了，需要做激光冷冻手术，否则时间长了会影响到健康的右眼，这无疑进一步增加了他的思想负担。父亲每天长吁短叹，到了这把年纪，残喘的生命是灰色的，没有丝毫光亮。

今天保姆休息，我想陪父亲说说话。母亲生病这许多年，他的心里话向谁说呢？

父亲见到我，像见了救星一样开始诉苦："不知怎的了，我这两条腿就像塞了铅一样，一点劲儿也没有。我每天到医院看老太太，过去走这段路，溜溜达达，一会儿就到了，一点儿也不费劲儿。现在要走上半个多小时，累啊，真的走不动。看着路上的人，谁都比我走得快，一个个都超过去了。那天我看见一个胖胖的老太太，她走路那个费劲、那个慢哪，可是她竟然也走到我的前面去了。我是在怎么走路呢？根本迈不开步嘛。”

我说：“爸爸，您要知足，您已经很棒了，您已经八十五岁了，脑子还这样清楚，生活可以完全自理，不但不需要别人照顾，还在照顾着别人，这多了不起啊！”

父亲说：“这一阵子我老是做噩梦，都是一些乱七八糟的梦。一次做梦碰上熟人，正说话，忽然想起这人很早就去世了，于是大喊，你还是人吗？是鬼吧？快走！快走！那个人果然面目狰狞起来，吓得我大叫，结果把自己叫醒了。还有一次，我梦见自己一个人在田里走夜路，遇到一群鬼在庄稼地里游荡，不由分说就要带我一起走，我急得大喊，我不去！我不去！又是在叫喊声中惊醒。”

父亲接着说：“每次从噩梦中醒来，我总是一身大汗，许久、许久被笼罩在梦境的恐怖中，下半夜就再也难以入睡了。”

“你说，这是不是有什么预兆啊？”父亲问。

“那都是梦，您别在意。”我说。

父亲却说，这不仅仅是梦，最近还发生了一些奇怪的事情。于是他又讲了今天早晨的经历。

“今天早晨我在院子里散步，后面有一辆车不停地按喇叭。我走在人行道上，并不妨碍它行驶，喇叭这么叫，我就以为是你开车回来了，在叫我呢。我停下来，回头望望，不是你的车。我又转过身想继续走路，忽然一阵天旋地转，差点摔在地上。我急得大喊起来，一位路人经过，一把搀住我问，怎么了？我很快缓过劲儿来，好像啥事都没发生，那车已经开走了，我才慢慢走回家了。”

讲完这个故事，父亲问我：“你说这是怎么回事呢？”

我说：“会不会是中暑了？盛夏七月，虽说是早晨，太阳也是很毒的。”

父亲说：“不会，可能是那辆车搞了什么鬼，释放了什么毒气？”

我说：“那怎么可能？！”

我的父亲，从二十岁起开始追求真理，参加革命，一辈子追随共产党，一辈子信奉唯物主义，是一位有六十多年党龄的老同志，到了暮年竟然开始迷信起来了。

父亲最后总结道：“总之，我知道自己快不行了，可是我还要争取一点时间，多陪陪你妈妈。老太太那副样子，如果我不在，只剩下她，那她以后的日子可怎么过？”

听父亲说这些话，我心里很不是滋味。我很想说：“爸，您放心，即便有那一天，还有我们，我们会照顾好妈妈。”可是我什么都没有说，有责任和信念支撑着父亲，他才会活得更好更久。

2006年8月×日

母亲出院十天了。不经意间觉得时间过得挺快，可是想想母亲的日子，似乎每一天都是漫长的煎熬。

这次从医院回来，母亲不再能和家人交流，除了偶尔还能回答出自己的名字，她不认识家里的任何亲人了。

经过甲亢治疗，母亲的排泄功能日渐好转，体力也渐渐得以恢复，可是这又让她回到了过去的兴奋状态，她又开始终日踱步了。除了每天在保姆的陪伴下出门散步，回到家里仍旧是在屋子里走来走去，决不肯休息片刻。与过去不同的是，她现在已经走不稳了，需要有人一直在旁边搀扶着才行，那条年初就开始弯曲的腿现在更加变形和僵硬，但就是这样一步一拐的步态，也丝毫阻止不了母亲行走的冲动。

为了搞清楚母亲的病，这几年我读了很多相关书籍，隐约记得一本书中曾经解释说，这种病的病人好像生活在超越理性的虚构世界里，记忆的丧失引起他们心理上的强烈不安，病人因不能有条理表达而产生巨大的精神压力，于是他们整日徘徊，就像一台机器一样。日本有一种说法，索性把此类患者称作“徘徊的人”。不知母亲是不是这种情况，因失忆而苦恼，因无法表达而来回行走？

母亲近来还有一个很奇怪的变化，她只要坐下来，便不停地哼哼，大多时间是小声哼哼，似呻吟又似咏唱，不知什么时候，她会忽然“呜”地大叫一声，冷不丁地吓人一跳，那声音当然不是欢呼，也不是哀鸣，而是一长一短的“呜——呜！”两声，第一声拖得长长的，第二个短暂的“呜”声会紧接着，但是戛然而止。母亲在召唤什么人吗？我在陕北农村插队时，老乡呼唤远处对面山畔上的人，也是这样用长长的一声“呜——”来呼叫。家里安静时，母亲就一个人坐在沙发上小声哼哼；如果家人聚在一起聊天，母亲便会突然插进来高叫一声。她是想表达什么？或者是想参与其中，用这样的方式表示自己的存在？我想起曾经在朋友家见过的一只鹩哥，平日不声不响，但只要有客人来家里聊天，它一定不甘寂寞地高声鸣叫。人和动物的本性，到底有多少相通的地方呢？

幸亏父亲耳背，他听不到母亲的哼叫声，不然不知又会平添多少烦恼。

消瘦，无语，不中止的踱步，还有突发的高鸣，母亲真的快成了家里的幽灵。

2006年8月×日

临近周末，我感冒了。

屋漏偏逢连夜雨，我怕感冒。

对于我来说，当下生活中无论发生什么都不足惧，我知道自己一定能承受，一定会走过去，唯有一条：我无权生病。生病就不能回家了，因为怕传染给父母，以他们目前的状态，哪一个感冒了，后果都不堪设想。父亲曾对我说："我这个年龄，感冒就会合并肺炎，合并肺炎就是死。"

可是我怎能不回家呢？父亲还眼巴巴地盼着呢，一周陪伴母亲的辛劳，就等着这一天向我倾诉。母亲虽说已经没有任何精神需求了，可是一周不回去看看，心里能踏实吗？还有保姆小栗，也该歇歇了，前几天她还打来电话诉苦说："这几天大妈实在太闹了，一会儿上厕所，一会儿尿裤子，拉大便抹得到处都是。我一个人真的弄不住了。我想换换环境歇一歇。"我答应小栗，说周末一定让她休息。正常情况下，小栗每月休息两次，这些日子因母亲住院，她已经一个多月没有休息了。小栗休息时，就去和丈夫团聚，她的丈夫在北京做环卫工人，睡集体宿舍，小栗去了无处可住，夫妻俩就在附近尚未推倒的拆迁房里过夜，这里既无窗，也无门，可以说是残垣断壁吧，小栗还是很愿意去，在屋里搭上床板，夫妻在一起就是家了。我一病，小栗又要休息不成了，她该有多失望。

所以，周末我必须回家，大家都需要我，尤其是父亲，我是他的精神解压阀。这两天我大剂量吃药，并不断用潜意识告诉自己：你没事，你的感冒很轻，你已经好了，你不会传染给父母。

今天早晨起来，我真的好像没有感冒症状了，仿佛什么事情都没有发生过，于是我和往常一样回家了。

为了尽量减少和父母接触，整整一个上午我都躲在厨房里干活，隔着厨房的玻璃窗，远远地看着母亲坐在沙发上，抱着一个大娃娃，亲脸蛋呀，顶脑门呀，玩得很开心。我颇为感慨，这也是一种生存状态，母亲活在自己的世界里，如果她此刻的笑容是发自心底的快乐，那么就这样活着又何尝不是一种幸福？

晚上回到自己家，我终于可以松口气了。至少到下一个周末，我有权利感冒了。我可以安心地感冒，不用再担心什么，只要下一个周末之前痊愈，不影响回家看望父母，就一切都OK 啦。

心情一放松，感冒症状真的全发出来了，鼻塞头痛，剧烈咳嗽，好难受啊。

不过，难受算不了什么，尽情地难受，彻底地难受，这七天之内怎么难受都行，最难受的时候过去，感冒就会好了。

2006年8月×日

这是一个圆满的周末。

妹妹一家从日本回国探亲，她的归来似乎唤醒了母亲遥远的亲情记忆。母亲走到哪里，都拉着妹妹的手，她不但分清了我和妹妹的关系，还开口说话了。她指着我对妹妹说："她是姐姐，你是妹妹。"

"对，对，我是妹妹。"妹妹赶紧回答，于是母亲笑了。团聚唤醒了母亲的深层意识。她记起了我们姐妹，也感受到了家人团聚的欢愉。

中午，全家人一起到外面用餐，父亲也表现出久违的快乐，他不住地说，他喜欢这样的日子，全家人聚在一起，享受天伦之乐，他盼着天天能过这样的生活。

本周末最重要的事情，是开了一个家庭会议。趁妹妹在家，我们一起商量下一步该怎么办，母亲的病情越来越重，许多事情都需要重新安排。

第一件事情，是建议父亲和母亲分房居住。老夫妻分房而居本来是一件很平常的事情，不少人家都是这样做的，对于上了年纪的人来说，拥有独立的卧房会休息得更好些。可是我的父母情况不同，他们一辈子恩爱，从未分开过，至今一直住在一起，即便是母亲生病后大小便不能自理了，依旧如此。我多少次想向父亲提议和母亲分住，却实在没有这份勇气，脆弱的父亲似乎不能面对任何因母亲生病所带来的生活变化，每有变化，他总会产生很多伤感的联想，并借题发挥，闹出点什么动静来。

现在每天晚上，保姆定时过来叫母亲起夜。可是这办法根本不可行，母亲的行动没有任何规律可言，有时保姆还没有来，她已经在床上失禁了；有时保姆来了，她睡得正香，怎么叫都不起来，即便强行带到厕所，她也只是坐在马桶上，什么都不做；还有时母亲自己起来了，惊醒了父亲，他便陪着母亲去厕所，保姆过来时，她又刚刚睡下。这样，父亲、母亲、保姆三个人都休息不好。八旬的父亲能照顾自己已属不易，怎能再去照顾母亲？而保姆也没有因父亲的帮忙减轻什么负担，她依旧要定时起夜，走到另一个房间去关照母亲。其实大家都明白这样不行，但考虑到父亲的感受，谁也没有提出建议，这件事就这样一天天拖下来了。现在由常年在外的妹妹提出来，期待父亲能够务实些，理智地看待这个问题。果然，当妹妹婉转地将我们的想法告诉父亲时，他竟痛快地同意了。

第二件事情，是再增加一位保姆。母亲现在一刻都离不开人，一个保姆又照顾病人又做家务，实在是太辛苦了。这个建议我曾经提过，但遭到父亲的强烈反对，他大发脾气道：“一个家里请两个保姆，那成什么样子！你们不愿意照顾老太太，我自己做！你们都滚蛋！”这次当妹妹晓之以理，慢慢说出家里需求时，父亲居然也默默地没说什么。没有想到这么容易，有妹妹在家就是不一样，事情好办多了。

说干就干，周六当晚父亲自己住，母亲和保姆住。分房的第一个晚上，我决定留下来陪母亲睡一晚。母亲八点睡下，九点、十点、十一点、十二点，一小时起来上一次厕所；只有十二点到凌晨三点半，睡了一个比较完整的长觉。母亲一动，我便起来，搀扶她去厕所，母亲躺下，我也重新睡下。这样的起夜频率，的确需要有专人才行。

后半夜，母亲重新睡下后，我却再也睡不着了。听母亲均匀的呼吸声，她睡得好沉静。我悄悄想，她在做梦吗？她梦见什么了？现实世界对于母亲已经没有任何乐趣可言，也许从今以后，她的快乐只能在梦中感知。我甚至想，如果母亲就这样在睡梦中翩然远行，潇洒地走向生命的彼岸，会不会是一个最好的结局？

2006 年 8 月 × 日

今天是先生大虎的生日，正赶上他回北京出差，于是我们说好下班后一起出去吃晚饭。

下午四点多钟，我正在开会，妹妹打来电话说，妈妈三天没有大便了，这会儿在家里坐立不安的，她准备带妈妈去医院看看。

我说："好，你先把妈妈带过去，我马上赶过来。"

她说："不用吧，我自己去就行了。"

我说："你不用管了，我过会儿就到。"妹妹在国外生活二十多年，国内的许多事情我怕她应付不了。

果然，我赶到医院急诊室时，妹妹陪着母亲还在焦急地等待。"医生怎么还不来处置呢？这不是急诊吗？我们等了很久了。"她一脸的不解和无措。

几经周折，终于找来医生，决定给母亲灌肠。第一次，母亲不知道配合，护士把水灌进去后，又全部倒流出来，没有丝毫作用。休息了片刻，护士准备重做第二次，或许因为有了第一次的记忆，母亲一进治疗室，转身便向外走，被我们无情拦住了。其实母亲这辈子做过很多治疗，包括用长长的针每天抽取肺里的血水和积液，母亲对这些治疗习以为常，与生俱来的病弱让母亲在病痛面前表现得无比坚强，可是今天，对于她不能理解的灌肠治疗，她却表现出了从未有过的恐惧。她目光惶恐地望着我们，不知道她的亲人要做什么，为什么这么狠心。见无法逃离，母亲忽然转身向护士走去，她脸上甚至堆起讨好的微笑，胆怯地伸出手去抚摸护士的脸。看到这般情景，我心里酸酸的，可怜的娘，当她没有任何能力掌控自己的生命时，只能用这样的方式取悦护士：不要再折腾她了。

第二次灌肠成功了。从医院回到家，母亲开始大便了。母亲当然不懂得控制，一会儿便一次，不管时间、地点、场合，随心所欲，半小时内换了三次护理裤。小栗一脸愁容，我对她说，你再坚持最后一天，明天就来专人照顾母亲了。

我在宽慰小栗，父亲却突然出来发难了。他听到我和小栗的谈话，勃然大怒道："找两个保姆待在家里，那算怎么回事！你们都不愿意照顾你妈妈，我来照顾！把老太太搬回来，和我睡，你们谁也不用管，我照顾她！"

原本说好的事情，并且已经迫在眉睫，父亲怎么突然反悔变卦了，而且反应如此强烈？多亏妹妹在家，她好言好语地劝慰父亲。对远在他乡生活的小女儿，父亲的态度客气多了，他沉默了许久，最后说："我的心乱死了，这事儿我不管了，你们看着办吧。"

回家的路上，我和妹妹聊起母亲生病后，父亲性格的变化和由此产生的种种任性。“我可以尽力把妈妈的事情安排好，可是却无论如何满足不了爸爸的精神要求。”我无奈地说。

妹妹的回答很理性：“每个人的人生都只能自己负责，尤其是精神上的压力，更是无法转嫁的。生老病死是不可逆转的规律，我们做儿女的，只能做好我们应该做的事情，你不必为这些感到压力和不开心，也不用自己主动地去承担什么，就算你有此心，恐怕也无此力。”

妹妹的话说得没有错，人生只能自己面对，谁也代替不了谁。话虽在理，可我做得到吗？毕竟人非草木，看到母亲痛苦，我能不痛苦吗？看到父亲烦躁，我能不烦躁吗？

当然，我知道妹妹是在为我解脱。“姐姐，你辛苦了。”她由衷地说。

回到家已经很晚了。先生已经睡下，餐桌上放着一碗方便面残汤。

歉然，无语。

分身无术，奈何？

2006年10月×日

今天，照顾母亲的护工李金凤走了。

这是第二位辞工的护工了，第一位是做满一个月走的，理由是晚上老太太起夜太多，睡不好觉，实在太困了。这回，金凤才干了半个月就提出不做了，她说不是因为累，实在是家里有事情。老家来电话了，家里秋收，丈夫一个人忙不过来，又赶上公公住院做手术，孩子上学，都需要人照顾，因此她也实在是没有办法。金凤还说，她来这两个星期，家里人对她都很好，尤其是爷爷，她有不明白的事情，爷爷都很耐心地教她；奶奶虽然不说话，其实心里是明白的。她很感激。

我开车送金凤去家政公司结账，她讲了一件事情令我十分惊诧。

金凤说："大姐，我真的不是怕累，我也舍不得你们一家人，舍不得奶奶。昨天，我对奶奶说，我要走了。奶奶抬头看了我一眼，突然说：'你别走，我要死了，你陪陪我，等我死了你再走。'自从我到你们家，就没有听奶奶说过一句话，昨天突然冒出这么多话来，我的眼泪都流出来了。奶奶看我哭了又说：'别哭，你家里有事啊，那也没办法，那你就走吧。'奶奶这些话说得清清楚楚。”

金凤的描述让我出了一身冷汗，自今年以来母亲就难得开口，尤其是八月出院后，母亲变得更加口齿不清，即便有时自己嘀嘀咕咕说几句，我们也听不懂她在说什么，怎么一下子能说出这么多话，并且是逻辑清晰的话呢？

神奇深奥的生命之谜，有谁能够说得清楚呢？

2006年11月×日

早晨起来，不知道应该去上班还是应该先回一趟娘家。

8月，家里请了护工以后，母亲算是有专人照顾了，我却陷入另一种混乱。生活似乎又开辟了第二战场，我同时在两条战线上奔波，一条战线是照顾父母，另一条战线是维护家庭和平：保姆之间战争不断，这给本来就打仗一样的日子又增加了新的火药味，吵架，走人，寻找；再吵架，再走人，再寻找……在不到三个月的时间里，我已无奈地换了N多次护工了。

现在照顾母亲的人叫赵草花，这是自今年8月以来请的第五位护工，来了尚不足十天。小赵是河北人，精明强悍，一眼便知是一位争强好胜的人。自从这位赵草花走进家门，家里就鸡犬不宁了。保姆吵架本是意料之中的事，老保姆小栗性格倔强冰冷，对新来的保姆从来都是爱答不理的；新来的人不熟悉家里情况，出点小差错也在所难免，小栗对此的策略是：事前绝不主动指点半句，事后绝不放弃数落和苛责。为此，保姆之间明争暗斗不断，这也是我家频繁换人的主要原因。但是前几次保姆矛盾多以斗心为主，大家并不会撕破脸，可是这次就完全不同了，小赵明火执仗地和小栗对着干。刚来第二天，小赵把老太太夜里用过的纸尿垫随手扔在小栗的房间门口，给了小栗第一个下马威。小栗早上起来大为光火，她虎着脸问小赵是什么意思？小赵却满不在乎地说，早上太忙，还没来得及收拾，不至于发那么大火吧。那之后，小赵又经常给小栗制造各种麻烦，比如一双泥脚毫不介意地踩在小栗刚刚擦过的地板上，再比如把杂物倒入马桶造成堵塞却不疏通，甚至有一次把老太太尿过的裤子和小栗尚未洗的脏衣服堆放在了一起。小栗在前几位护工那里从未吃过这么大的亏，没过几天终于忍不住了，于是两个人就完全不顾脸面地以农村妇女撒泼的方式在家里破口对骂起来。脆弱的父亲不知怎么办才好，他在电话里向我哭诉："这日子还怎么过？！她们两个大吵大闹，我也听不清吵什么。这还像个家吗？我不想活了！"

每次保姆吵架，我都被父亲喊回家"救火"。我的任务是震慑保姆，同时安抚沮丧的爹。

我找两人谈话。我说，大家出门在外打工都不容易，要互相帮衬些，她们也说是这个理儿。可是一谈到具体事，这理儿又不是理儿了。公说公的理，婆说婆的理，二人针尖对麦芒地在我面前开始争执，谁也不肯退让半步。爹说日子难过，我也觉得这日子真的是难过啊。我又想起那位日本朋友的话，把这一切都想象成工作，心里或许会轻松一些。我知道苦口婆心的劝导不会有什么作用，只能进一步明确二人的职责，各干各的活，井水不犯河水。

那之后，家里的战火似乎有所收敛，却又进入冰冻期，两个人不说话，形同陌生人一样在一个屋檐下生活。不说话就不说吧，只要不吵架，不给老爹增加烦恼，我也没有更高奢望了。

消停了没两天，昨天下午父亲打来电话抱怨说，小赵太自私了，她那样子根本就不是照顾病人的，要赶紧换掉。父亲告诉我，母亲午睡起床后想到客厅走路，小赵还想继续睡觉，就把卧室门从里面锁上不让母亲出去，母亲不明就里地在房中一个劲儿地摇晃门，发出了“嘭嘭”的声响。恰好父亲从门口经过，这才把门打开，把母亲放出来。

“太不像话了，欺负你妈妈糊涂，这样的人决不能留！”父亲气愤地说。我答应父亲这一两天就抽时间去家政公司换人。

现在就回家换保姆吗？还是先去公司忙完今天的工作，下班后再去换人？这一段时间，因为家里这些事情，搞得我恍恍惚惚的，经常不知道自己应该做些什么。我犹豫不定地给父亲打电话，想先问问今天家里的情况。电话是小赵接的，她说家里一切都好，于是我决定先去上班，下午再回家。

头剧痛，却不敢停下手里的事情，这两个月因为家里的事情耽误了太多的工作。

下午四点多钟，父亲来电话了，气喘吁吁地问：“你干什么呢？”

“上班呢。”

“你回来一趟，把那个姓赵的送走。”

什么都不用问了，一定是又发生了什么，把父亲恼得气都喘不均匀了。

放下手里的活儿，我没有直接回家，索性先到家政公司结了小赵的工资，并请一位管理人员和我一起回家，看看到底发生了什么，顺便将小赵带走。看到“舒畅家政”的大牌子，我感觉好苦涩。

到家时，全家人刚刚吃过晚饭。看见我带人进来，小赵一下子明白了，她转向小栗，二人乌眼鸡似的怒目相视。

我问：“家里怎么了？”

小赵说：“没什么事儿。下午刮风了，我没带老太太出门散步，爷爷不高兴了。”

小栗描述说：“小赵午觉睡到下午三点多，起了床就一直坐在客厅看电视。爷爷坐在一边看报纸，四点了，小赵还不动弹。爷爷沉不住气了，说再过一会儿就没太阳了，你怎么还不带老太太出去散步呢？小赵说外面有风。爷爷说，哪有什么风，你不去我去！说着扔下报纸就要带老太太出门。小赵这才站起来说，还是我去吧。爷爷说，你不用去了，你就坐着看你的电视吧。争执了一会儿，小赵带着老太太出门了，爷爷就坐下给你打电话。”

我看看父亲，父亲没再说什么，只冷冷地对小赵说了句：“谢谢你这些天照顾老太太。”

我知道，冰冻三尺，老人彻底寒心了。如此高龄，如此境地，苦闷无助的父亲正在经历着生命中最艰难的日子。

再看看坐在沙发上的母亲，此时她正抱着娃娃，含糊不清地数着娃娃的手指头："一、二，一、二，一、二、三、四、五……"一脸的幸福。

小赵走了。我无力也无意再去"舒畅家政"请新的保姆了。这几个月我哪有一天舒畅过呢？这样走马灯似的换人让我彻底失去了信心，终日吵吵闹闹的日子简直就是地狱。

可是，可是如果不再请人，今后的日子，我该怎么办？

2006年11月×日

翻阅整理这两个多月的“用工记录”，越整理越心寒，这是我过的日子吗？这需要怎样的坚韧和耐心？

8-24

今天去“舒畅家政服务公司”为母亲请护工。来者姓徐，四川人，看起来人很精干，又增加一个帮忙的人手，感到些许宽慰。

09-30

小徐辞工，送小徐回家政公司，同时带回一位叫李金凤的保姆，小李是河南人，三十八岁，人看上去很老实，近于木讷。我如实介绍了家里情况，并告诉她照顾老人，晚上休息不好，她同意做，但要一千元工资，比八百元市价多两百，我答应了。

10-16

金凤辞工。理由：公公生病、秋收农忙、孩子无人照顾。送金凤回公司，巧遇小徐，她离开我家之后一直没有找到工作，她要求回来，我又把她带回来了。

10-30

小徐辞工，理由：父亲跌倒，需回家看望。不知真假，总之只有让她走了。新来的保姆叫钱银铃。

11-02

今天爹来电话要求辞去钱银铃。理由：对老太太不好，总是冲老太太大声嚷嚷，不适宜在家里做保姆。

老保姆小栗数落其劣迹：一、没有规矩，没事就横躺在沙发上，很不成体统；二、工作敷衍了事：吃饭不帮助老太太拨鱼刺；晚上起夜不给老太太穿衣服；陪老太太散步嫌老人脏，不肯走近；照看老人不认真，看着老太太吃扣子也不管，诸如此类，等等。

送走钱银铃，迎来新保姆赵草花。

11-12

辞去赵草花。

以上，长则一个月，短则两三天，从 8 月底至今，不到三个月时间已经换了五次护工了。母亲已经不认识人了，她分不清家人和外人，无论谁来照顾她，她都像一个可怜的孩子，本能地依赖于来人，人家善待她、虐待她，她都说不出来了。

现在家里又只剩下小栗一位保姆了，今后的日子怎么过呢？

2006年11月×日

今天小栗说，她妹妹新风来信说想到北京打工，不知到我家和她一起做，合适不合适？

合适！怎么不合适，简直是太合适了！我喜出望外，姐妹俩在一个家里做事，一切事情都好商量，相互帮衬着，不会斤斤计较，更不会发生战争，还有比这更合适的事情吗？这才是“山重水复疑无路，柳暗花明又一村”啊。

苍天助我！问新风啥时能来，小栗说，就这一两天吧。

第七章

*

2007年

轮椅上的日子

“早晨，大妈起床，我和往常一样陪大妈上厕所，走到房间门口，大妈伸手去开门，手握着门把，突然就坐到地上了。我赶紧扶大妈起来，没有想到她站起来之后，就再也不会走路了。”

2007年1月×日

新年伊始，母亲的病情又有了新的变化。早晨，新风来电话说，母亲突然不会走路了。

赶回家，父亲正在大哭，这些年我已经习惯了，无论家里遇到大事小事，父亲总会大哭一场，哭得昏天黑地，让原本就混乱的局面变得更加混乱。

我一边安抚父亲，一边听新风介绍情况。

“早晨，大妈起床，我和往常一样陪大妈上厕所，走到房间门口，大妈伸手去开门，手握着门把，突然就坐到地上了。我赶紧扶大妈起来，没有想到她站起来之后，就再也不会走路了。”

就这么简单！原来失去很简单！

至此，母亲的全部能力丧失殆尽。对病情发展到这一步我是有思想准备的——这大半年来母亲走路一直不稳，可是当母亲真的失去了行走能力时，我还是感到了慌乱和无措。每次母亲病情突变，我都会如此。

母亲坐在沙发上，一脸的无辜。

“妈妈，您怎么了？”她看着我，并不回答。

“妈妈，您的腿疼吗？”她依旧不回答。

“妈妈，您听懂我的话了吗？”母亲索性把头扭向一边，不再理我了。

“妈妈，您叫什么名字？”我绕到母亲面前，依旧不甘心地问。

“崔——书——琴。”这次她终于开口了，一个字、一个字，非常认真地说出了自己的名字，这段时间母亲能够说的，只有自己的名字了。

该来的终归都会来，一切沮丧悲伤都于事无补。我给办公室打电话请假，然后开车到医疗用品商店买回了轮椅、坐便椅等医疗护理用品。直面发生的所有问题，这是我这些年来养成的习惯，无论遇到什么事情，马上设法解决，不再迷茫和忧郁。

从此，母亲就要开始轮椅上的生活了。

2007年1月×日

我病了。

日子如此折腾，生病也在情理之中。

这次的病来势凶猛，数日高烧不退，输液也无济于事。四五天后，体温终于降下来了，但又开始咳嗽，整夜整夜剧烈地咳，让人无法入睡。

又到星期六了，是雷打不动的回家看父母的日子，病未愈，不敢回家，这又要苦了老爹了。打电话过去，怕父亲为我担心，更怕他因我不回家而失望，手持电话怯生生地说：“爸，我有点感冒，不严重，但是还没好利落，怕传染你们，今天就不回去了，明天吧，明天就会好了，我明天回家。”父亲耳朵不好，他好像没听清我在说什么，只顾径自诉说着自己的烦恼：“你哥病了，说今天不回来了。过几天是你妈生日，我给他打电话商量怎么过，他一个劲儿地咳嗽，说话很不耐烦。你看人家病成这样，我还去谈什么过生日的事，这是不是很不合适？我真是越老越糊涂呀！可是我就是觉得你妈恐怕过不了几个生日了，谁知道过了今年还有没有明年哪。”

说着说着，父亲抽泣起来。这些日子，他的心情一直不好，因为他自己的身体也出现新问题了。数周前，父亲的小腿上长满了密密麻麻的湿疹，痒得钻心，试过很多药都不见效。医生说，可能是由于多年糖尿病和老年免疫功能低下所致，因此也没有什么特效药可用。父亲却不能满意这种说法，他坚持认为是还没有找到“明白人”，认为只要找到了好医生，就一定能彻查病因并对症治疗。为满足父亲的心愿，我们跑了多家医院看专家门诊，却始终没有效果，这成了父亲的一个心病。

人到暮年百事哀，可怜的爹，可怜的娘，我可怜的爹娘哪！

2007 年 4 月 × 日

母亲在轮椅上的日子已经度过三个月了。所幸这一阵子她的身体状况还比较稳定，一个冬天没有生过什么病，连过去每年冬春必犯的哮喘病也消失得无影无踪。

她依旧消瘦。医生说是甲亢所致，不必过度忧虑。的确，这些日子母亲的情况一直不错，饭量也恢复了，人也有了些精神，不像前一段日子瘦弱得抬不起头来。人的适应力真是很强，母亲的生命似乎在新的节点找到了一种平衡。

母亲的状态平稳了，家里的生活也重新找到一种新的轨道。每天上午、下午，温度适宜时，护工会推着母亲去院子里晒太阳。母亲很享受户外的清风、阳光，尤其是看到广场上玩耍的小孩子们，她会显得格外愉悦。小广场上有很多晒太阳的老人，护工就把母亲推到他们中间，虽然母亲和谁都不交流，但是看得出，她高兴。

母亲出门时，父亲就在家里读书看报、写字画画，也不似过去那般焦虑。我不必天天往家里跑了，如果没有特殊的事情，保证每个周末回去就可以了。

前几天，父亲来电话说："今天老太太忽然知道读书了。"

我说："不会吧？"父亲说："真的，看懂没看懂不知道，反正是拿着杂志一页一页地翻，可认真了。"

今天，我回家时果然看到母亲在翻阅杂志，我问："妈，能看懂吗？"她点点头。我又问："妈，您还认字吗？"她又点点头。我心怀期待地接着问："杂志上说了什么？"母亲把头扭向一边，不再理我了。

护工新风在一旁告诉我，除了到外面晒太阳，老太太在家里的大部分时间是玩娃娃，有时出门也抱着娃娃。可是那天从外面回来，她突然要求看杂志，看了一会儿对新风说，我糊涂了，现在什么都不明白。

我很惊诧！母亲能说出这样的话来，这说明她脑中还残存着思维的碎片，欢乐、痛苦、思念、欲望，这些人类固有的特质，母亲还保留多少呢？当处于混沌状态时，母亲无疑是快乐的；但当理智之光闪现的一刹那，她是否反而会感到痛苦呢？

2007年5月×日

母亲又发烧了。这次来势凶猛，一上来就烧到了四十度。

医生说母亲这次病得凶险，肺部感染、肺气肿、胃溃疡、甲亢等各种疾病交集在一起，将她身体里的抵抗力消耗殆尽，能不能挺过去很难讲，要我们做好准备。如此说来，前一阵母亲的良好状态是一种假象？或者是一段回光？

住院期间，母亲的青光眼急性发作，病房请眼科大夫来会诊，来人恰好是几年前给母亲做手术的那位医生，她看到母亲很惊讶，悄悄问我，老太太还活着？她还能活多久？我说，你怎么这么问呢？她急忙道歉。其实我并没有过多责怪她的意思，尽管她的提问的确突兀。

中国文化忌讳谈论死亡，母亲生病多年，却让我对“死”有了另一番认识。人生一世，草木一秋，李白诗云：“草不谢荣于春风，木不怨落于秋天。谁挥鞭策驱四运，万物兴歇皆自然。”死亡其实是一件十分自然的事情，到了应该谢世的时候，我想我不会惧怕，也不会贪生。如果说这样的认识算是一个“收获”，那么这应该是母亲送给我的最后一个人生“礼物”。母亲的生存状态令我对苟活于世有了切肤之痛，谁也没有死过，焉知死亡一定是一件痛苦的事情？如果有一天母亲尽其天年而去，我想只要我做了应该做的事情，便可无憾无悔了。

2007 年 6 月 × 日

母亲天年未尽，她今天出院了。

2007 年 8 月 × 日

这两个月，母亲身体逐步恢复。最让人不可思议的是经历了 5 月一场大病，母亲却突然开口说话了。虽然自言自语、虽然时断时续、虽然含糊不清，但是毕竟她说话了，并且很爱说话。

母亲神情轻松地坐在沙发上，她一会儿说："坐火车，回家喽。"一会儿说："五姐来了。"一会儿又说："去看看老太太吧。"母亲讲的大都是她娘家的那些事情。也有时母亲会和娃娃说话，什么"你真乖啊"，什么"天黑了，你回家吧，你爹来接你了"。但是如果我们想接话谈点什么，就无法完成了。

今天我回家，看见母亲在吃香蕉，便有意和她搭话。

"妈，吃什么呢？"我问。

"我在吃。"母亲回答。

"吃什么呀？"我接着问。

"我在吃……"

"我问您吃的是什么？"我指着香蕉说。

"我没有脑子了。"母亲突然说。

母亲说不出自己在吃什么，或许忘记了"香蕉"怎样讲，或许根本不知道自己吃的是什么，总之由于无法回答我的问题，才冒出这么一句，难道她真的还能意识到自己出问题了？

母亲从无语变得爱说话，这样的转变是因为病情的变化吗？是向好呢还是向坏？我脑子里充满疑问，却没有人能够解答。

母亲胖了，脸上居然有了光泽。这一阵儿，母亲食欲大好，她这辈子似乎都没有过这样的好饭量，今天中午吃饺子，她吃了二十多个，已经是她正常饭量的两倍多了，可她还想吃，她不停地嚷着："再给我来一个，再给我来一个……"不能放任她再吃下去了，这要坏事的，我起身去推她的轮椅，在离开饭桌的一刹那，她又迅速地抓起一个饺子塞进嘴里。那动作之粗鲁与神速都是生病前从未有过的。

回想母亲生病这些年走过的路：健忘、狂躁、走失、大小便失禁、逐渐失去语言表达能力、不能行走，直至数月前奄奄一息，再看看母亲今天的状况，不能不令人感叹生命的顽强和莫测！身体的恢复和精神的远离并存，愈发令我觉得眼前的母亲真是一个谜。

2007年8月×日

今天又发生了一件让我们全家人惊愕的事情。

母亲娘家的亲戚来电话说，我大舅最近被恢复名誉了。大舅20世纪30年代做过黑龙江省讷河县县长，如今县里要搞一个抗日纪念活动，请亲属参加。

父亲接过电话后，犹豫着要不要把这个消息告诉母亲。这位大舅和我母亲同父异母，是姥爷前房太太所生。母亲是家里最小的孩子，排行老七，她比这位大哥小多少岁？我说不清楚，但是我知道大舅和我姥姥年纪相当，大舅的儿子都比母亲大七岁，所以母亲与大舅应该相差三十岁左右。当年我姥爷和大舅、二舅父子三人同在东北地区做县长，“九一八”事变后，因为姥爷不肯与日本人合作，受尽酷刑，很快去世了，当时母亲还不到两岁。

姥爷去世后，姥姥就带着自己生的孩子和前房的子女分开过。分家后，姥姥率一家妇孺，从珲春县迁至齐齐哈尔，从此和在讷河县做官的大舅没有了来往。当时大舅正在率县武装和东北军阀马占山共同抗击日本鬼子，对于他来说，那是一笔国恨家仇的血债。1932年马占山向日军投降，大舅的队伍也随之兵败，日本人以屠城相威胁，要大舅继续做维持县长，之后不久大舅就病死在伪县长任上。母亲自幼对这位大哥没有什么印象，倒是跟在大自己很多的侄子身后，一起玩耍长大，并保持了终生来往，表哥的孩子们叫我“表姑”，年龄大都和我相仿。不知是因为大舅这段伪县长的不光彩历史，还是因为根本没有来往过，母亲从来不提大舅的事情，我小时候甚至不知道自己还曾有过舅舅，那时大舅妈还在，也未能触发我关于“有舅舅”的联想。还好，大舅的历史问题并没有太大影响到表哥的前程，他一直在民政部门工作，虽然因出身问题不能入党，留下终生遗憾，但一直到离世都是一个有“单位”的人。造化弄人哪，大舅去世有七十多年了，当地县政府翻出县志来，重新评价这段历史，认为大舅在任时，清廉奉公造福一方，而后又抗日有功，尽管在鬼子逼迫下做了很短一段时间的伪县长，但事出有因，所以应该算是爱国绅士。县里修了一座抗日纪念碑，邀请家属前去参加揭幕式。有县里的文人墨士还为此碑题文道：

泱泱讷水一廉泉，崔令为官不爱钱，
洁己奉公常自勉，三年心血寄荒边。
莫道区区小县官，筑桥修路建公园，
兴学撰志积仓谷，勤政爱民称青天。
中俄战起祸连年，遍地盗贼行路难，
崔令披肩冒白刃，督师荡寇保民安。

忽然大地起悲歌，倭寇挥刀犯讷河，
兵困孤城粮弹尽，空拳县令哭奈何。
一念之差未殉国，谋皮与虎献城郭，
大节亏丧功何在？空令残碑唱挽歌。
默望残碑思黯然，人生正错抉择间，
假如崔令守城死，焉得含恨到九泉。
白发渔樵话旧年，犹说崔令是清官，
是非功过凭碑证，留给后人做镜看。

当地的有心人寄来了地方媒体关于“讷河雨亭公园”的报道：

> 这座公园始建于1915年，当时只是一片狭长的荒草地。1930年时为讷河县令的崔福坤将其扩建，因修了一座避雨的草亭而得名“雨亭公园”，园中有一小小碑林，林立着清代十几位将军的石碑，其中有民国时期县长崔福坤的德政碑。时至今日在采访当地市民时，他随口说出了德政碑内容“青山茫茫，讷水泱泱，崔公德政，山高水长”。
>
> …………

表哥已去世多年，如果他活着，接到这样的通知不知会做何感想，会不会出席这位陌生生父的祭奠仪式？

如今活在世上的、和大舅血缘关系最近的人便是母亲了。父亲接完电话，犹豫了很久，一来，母亲和这位大哥一生没有过什么交集；二来，母亲病成这个样子，她还能理解这样复杂的事情吗？然而说不清为什么，父亲最终还是把这事儿讲出来了。

母亲正在玩娃娃，父亲说什么，她并不理睬，只顾自己玩，像是根本没有在听。父亲说完了，大声问母亲："你听明白了吗？"母亲头也不抬继续玩。父亲又问了一遍："你知道我在说什么吗？"母亲依旧不理。父亲失望地站起身准备离开，母亲忽然抬起头来哈哈大笑，连说两遍："好事啊，好事啊！"

父亲瞬时怵然了。

父亲把这件事告诉我，我也完全惊呆了。

娘！梦乎？醒乎？

2007年8月×日

清晨，我还在睡梦中，护工来电话说："大姐呀，你今天把我送回去吧，我真的做不了了，我头晕，我要回家。"

我看看表，天哪，清晨五点钟！又不是什么急事，若非神经不正常，有这么早打电话的吗？打电话的人叫孙芳云，是上个月刚为母亲请的护工。

这位孙芳云自打走进我们家，就没有消停过。刚来十来天，她就请假回了一趟家，理由很充分：假离婚！因为超生，她丈夫所在单位开出了一个三万元的计划生育罚款单，如果离婚了，便可撇清她丈夫的责任，从而逃避这笔罚款。三万元不是一个小数目，我只能同意了。

孙芳云回家一周，回来第三天就急吼吼地给我打电话："大姐，我病了，头晕得厉害，我要回家。"有这么折腾人的吗？尽管不快，我还是心平气和地和她商量，给我两天时间去找人，两天后无论是否找到人，我都送她走，她很不情愿地同意了。

次日，她又来电话说，她感觉好多了，不用找人了，她不回家了。尽管我当时觉得她很不靠谱，但求稳的心态和惰性使然，让我又一次相信了她的话。

这才刚刚过去没两天，她怎么又改主意了？！前前后后还不到一个月时间，她这样言而无信地变了多少次了？来了，走了；回来了，又欲走；欲走又不走，如今还是要走了！听小栗说，孙芳云曾经说，到北京看看好要不，好，就留下；不好，玩几天就回去。我当时只以为是保姆之间传闲话，并没有往心里去，看来这并非虚言，早知她是这种心态，第一次她回家时，我就应该趁机把她换掉。那一周的替班护工刘梅花很可心，人勤快，性格也好，整天乐呵呵的，我每次回家都见她在忙活着，自己的事情忙完了，就帮助小栗干活。父亲希望留下小刘，说孙芳云人太懒，而且没有规矩。小栗也希望小刘留下，因为自从有护工以来，保姆和护工之间的关系从来都是井水不犯河水，像小刘这样主动干活的人还真是头一个。如果当时我留下小刘，今天就不会有这份麻烦了。可是我却迂腐地认为，既然说好是请假，我就不能随便辞掉小孙。现在轮到小孙炒我了，没有丝毫信用，更没有职业道德。然而，当下社会风气里，怎能期待一位没有受过什么教育、只是随着改革大潮到城里挣钱的农村妇女懂得这些？可笑之人应该是我。

睡不着了，索性起床，琢磨着天亮就去找护工。可是，去哪里找好呢？家政公司？还是医院？

这几年，保姆问题成了我的魔咒。母亲一刻都离不开人，依靠他人生存，必有软肋任人左右。

去年岁末，小栗妹妹新凤来，我是何等高兴，心想姊妹之间没有战争，这下可以长治久安了。可惜好景不长，新凤做了还不满三个月，就回家过年了。

为了给新凤顶班，一个春节假期我就找了两个护工。第一位老郭，做了不到一天就不干了。来之前，老郭说得挺好，说照顾过几位瘫痪老人，很有护理经验。没有想到我中午把她从家政公司接回家，人还在返回办公室的路上，她的电话就追过来了。说老太太不会配合，把她从轮椅上挪到马桶上十分困难，没办法，这活儿干不了。无奈，我又返回娘家把老郭送回家政公司。第二位叫王珍，河南驻马店人，三十岁。王珍很快地熟悉了工作，说实话，她也算是我遇到的为数不多的比较称职的护工，人善良，工作亦努力，很令人宽心，这样的人本可以考虑留在家里，可是一来她和小栗之间摩擦不断，二来新凤只是请假并没有辞工。

春节过后，新凤从老家回来了，我期待从此过上稳定的日子，没有想到，两个月后新凤老家来电话，说她婆婆脑出血，并且正值农忙，家里缺人手让她赶紧回去。新凤说，此去准备生二胎，因此彻底不回来了。新凤 5 月走时，母亲正在住院，前后算起来，她做了还不到半年，来来去去的也没有少折腾。

顶替新凤的人叫李琴，甘肃人，不识字。这是家政公司根据我的要求，推荐的最老实、最不易和他人闹矛盾的人。可是李琴来了没多久，保姆大战又重新拉开帷幕。李琴的确老实，平日不言不语，但是她性格内向且倔强，对小栗厌而远之。小栗对李琴则更是冷眼相待。二人矛盾的导火索大都是鸡毛蒜皮的小事，比如洗手池里的头发没有捡出来，再比如水果没及时放进冰箱等等，小栗对一切不如意的事情，都会不留情面地横加指责，而李琴的对策是不理不睬，依旧我行我素。两人互不相让，最终李琴走人。

李琴走后，我找小栗严肃地谈了一次话。我说，你来我家四年了，我们全家人感谢你，也把你当成自家人。她表示认可。我说，既然如此，家和万事兴，希望你也真的像家人一样对待新来的人，要懂得谦让，学会包容，多担待一些，不要逞一时之勇，把这个家搅得天翻地覆的。小栗说，这是我的性格。我说，我知道这是你的性格，我也一直在迁就你的性格，可是我不能要求其他保姆都迁就你。不然你自己去找个人来，找一个可以和你合得来的人。她说找不到。我说，那怎么办？就这样闹下去吗？你闹走一个我找一个，找了新人你再接着闹，你倒是痛快了，可是你知不知道，我跟在你身后收拾残局有多难。

自从小栗到我家，我从未用这样的口吻和她谈过话。我一直对她这几年给予我家的帮助心存感激，父亲对她更是无以复加地信任。每当有新人进门，父亲总是说："我们家小栗当家，你就都听小栗指挥吧。"也许正是这种满满的信任，助长了小栗的任性，再加上她的性格的确冰冷，平日不苟言笑，不满意时便恶语相加，有谁愿意一进家门就看"二当家"的脸色呢？如此说来，这些保姆之间的事情我们家也有责任。

这次谈话后，小栗答应尽量克制。那之后，请来的人就是这个孙芳云了，谁知她也不是一盏省油的灯！

2007年8月×日

我实在撑不住了。

频繁换人带给我无穷尽的烦恼，我太累了。我本习惯于一切靠己，现在为了母亲必须仰人鼻息，我因此而被折腾着、折磨着，这样的局面太令人沮丧了。

我必须靠别人吗？除了请保姆，真的没有其他办法了？

有朋友建议说，可以考虑找一个养老院，当然是那种医疗条件健全、服务设施好的养老院。

我有两个朋友的父母住进了养老院，一个是公办的养老院，在城区，条件很不错，据说要排号才能等到床位。还有一个是民办养老院，在风景宜人的郊区，环境、饮食、医疗条件都很好，朋友的父母在家里和养老院交替居住，却往往是一去养老院就不想回家了。如果能为母亲找到这样的养老院，不得已时住上一段日子，给我一点喘息的时间，我也许会活得比现在从容些。不过，中国人自古以来有养儿防老的传统观念，送老人进养老院被认为是子女的最大不孝，且不说要被人笑话，我们自己的心理障碍也很难过得去。而且，父亲是绝不会接受把母亲送出家门的。

明明知道此路不通，我还是到网上去查找了一下，实在无路可走时，总要多一条备选的路。养老院太远了不行，要便于探视，因此我把范围锁定在北京近郊的香山、西山一带，在这里寻找半医疗、半养老的地方，重点关注的是设备、环境、硬件、软件等方面。

我在网上找到一家医院转型的医疗养老机构，位置就在香山山麓，从介绍上看情况不错，我马上和嫂子过去实地考察，然而实际情况却令我们大失所望，这里没有我期待中的窗明几净，没有和蔼可亲的医护人员，甚至没有想象中的热情接待。

几座灰色的小楼是我探访的目的地。

“你们自己去看吧，病房在二楼。”当我说明来意，传达室的人冷漠地说。登上黑洞洞的楼梯，穿过黑洞洞的楼道，轻轻敲开一扇房门。床上躺着一位老人，还有一位三四十岁的护工，坐在一旁的椅子上织毛衣，看见我们进来，她警惕地问：“你们找谁？”

了解了我们的来意后，她问：“你们需要护工吗？”

我们很快退出来了，这地方给人的感觉太压抑，似乎是一个被人遗忘的角落，即便是在阳光明媚的午后，房间里依旧很阴暗，我不能把母亲送到这种地方来，母亲的人生已经够黯淡了，她的余生应该在阳光下度过。

因为不甘心，我又在朋友介绍下去了一家北京颇有名气的老人城。这家老人城位于顺义，条件的确不错，尤其是医疗条件相当齐备，可是当我到一个房间深入去看时，我又打退堂鼓了。房间里住着一位八十多岁的老人，我进去时她正在睡觉。护工说，这位老人是老革命哩，老伴去世后，亲人就只剩下一个女儿了，现在在美国定居。老人两腿不能走路，每天生活在轮椅上。护工还说，老人精神好时会跟护工说笑，讲当年打鬼子的故事；情绪不好时一天不说一句话，一心盼着女儿回国来看她。

我的心里很不是滋味，人老了都是这般凄楚吗？我无论如何不能把眼前这位风烛残年的老人和当年英姿飒爽的八路军女战士联想到一起。有谁会想到，这位曾在烽火硝烟中驰骋的女英雄，当她走过恢宏壮丽的人生后，会在这样阴暗的房间里走完生命的最后一程？现在她的身边没有战友，没有亲人，有的只是这位多嘴的护工，她的生活要仰仗护工的帮助，她的精神世界也要在护工这里寻求回声。我感慨万端，看来无论人年轻的时候多么有理想追求，多么辉煌成功，似乎都逃脱不了暮年的悲哀。

想到我的母亲。她已经完全遗失自己了，甚至已经不懂得什么是亲人和亲情，她没有过去，没有回忆，也不再像这位老人一样心存期盼，然而越是如此，我越不能让她在没有亲人的陌生环境里，依靠外人的照顾了此余生。如果就这样把母亲推给别人，我一辈子都不会原谅自己。

养老院的事儿就这样流产了。让母亲住在自己的家里，睡在自己的床上，吃着我们为她烹调的饭食，对于母亲，对于我们，这些才是最重要的。

2007年8月×日

又有一位新护工进门了。

周群环，河南洛阳人。这是今年第六次换人，人换多了，有的名字还没叫熟呢，人就走了，希望她这次能做得久一些。

第八章

*

2008—2010年

流淌的岁月

我把奶瓶里的稀糊糊食物倒在碗里，用小勺一勺一勺喂到母亲嘴里，她果然没有拒绝，一口、一口很顺利地咽下去了。

2008 年　岁月依旧，“老”保姆小栗离开……

2008年12月×日

又是一年过去了，母亲的日子在岁月中流过，我的日子也在岁月中流过。在同一条岁月之河中，我和母亲缠绕着、牵绊着向前流淌，经历着共同的时光，体味着不同的感受。

一年没记“陪伴母亲日记”了，不知是因为母亲相对“平静”无更多内容可记，还是因为我已习惯了这样的日子，遂产生惰性不再动笔。

和过去几年相比，今年母亲的变化确实不大，依旧在轮椅上生活，依旧每天出去晒太阳，依旧含糊不清地自言自语，依旧会生病发烧，重复着住院、出院的节奏。这七八年，母亲的生命在一个阶梯、一个阶梯地向下走，每降到一个阶梯都会停留一段时间。

细细观察母亲，让我越来越难解生命的奥秘。母亲的脑子忽好忽坏，完全找不到规律可言，一阵儿似乎明白些了，一会儿又完全“死机”了；一阵子不会说话了，一阵子又突然开口了。开春的某一天，我买了很多东西，大包小包提回家时，母亲突然发问：“你干什么去了？”她居然主动开口！我惊喜万分，赶紧回答：“买东西去了。”她又问：“你都买什么了？”几年前就开始衰退的谈话功能，居然在我完全意想不到的时候神奇恢复。母亲说话时，两眼紧紧盯着我手里的包，是这些食品袋刺激了她的大脑神经吗？她是否期待里面有什么好吃的东西？那天我既震惊又兴奋，马上搬个小凳坐在她身边，把东西一样一样取出来给她看，似乎没有什么让她感兴趣的，她便把头扭向一边。我可不愿意就这样放弃和她交流的机会，乘兴说，咱们玩会儿吧。母亲又回转头看着我，似乎在问，玩什么呢？我毫无准备、很笨拙地说，数数吧，数数好不好？说着，我便掰着手指头，“一、二、三、四、五”地数起来。我数了一遍，母亲竟也跟着数了一遍，我再往下数，“六、七、八、九、十”，她却不再跟了，依旧重复着“一、二、三、四、五”。我伸出一个手指，又伸出一个手指，“得寸进尺”地问：“这是一，这也是一，一加一，等于几？”母亲木然地看着我，这是在玩吗？母亲完全不配合了，她表现出倦意，抱起娃娃，不再理我了。

这样半梦半醒的日子从1月过到11月，可以说岁月安好，母亲也安好，是什么支撑着她如此安然地活着，是因为每天出去晒太阳吗？母亲比过去黑了一些，一定是阳光给了她能量。

进入11月后，季节的变化令母亲再次发烧了。住院治疗，发烧退烧，反反复复折腾了一个多月，医生说是尿路感染了，还说常年卧床很容易导致这种感染。我忽然想起最初宣武医院的医生曾说过的话：阿尔茨海默病病人晚期多死于尿路感染。

看着蜷缩在病床上的母亲，那命垂一线的感觉令人心痛，我不知她还能坚持多久，一定要耗尽最后一滴油吗？幸而母亲对这一切都没有任何感知。经过了任人摆布的治疗，母亲终于闯过感染关，于12月出院回家，家里的日子又回到从前。

父亲在陪伴患病的老伴儿八年后，性格变得愈发焦虑暴躁，并且对死亡格外敏感，有任何一点小事情，他都马上会和“死”联系到一起。一天，他告诉我，院里有位老人，在散步回家的路上摔倒了，人就没了。他说自己那天散步时弯腰逗小孩玩，抬起头时也是一阵头晕，他问我，他会不会也像那位老人一样，倒下来就走了。我安慰他说，任何人猛然抬头起身时都容易出现这种情况，以后动作慢点就是了，不要过于担心。他说，我不怕死，但是我不能走在你妈妈前面，她那个样子，我要多陪陪她，把她先送走，我再安心地去死。中国人重生不重死，一般不愿意谈论死亡，父亲也是如此。然而或许是出于对死亡的畏惧，这一两年来，父亲多次谈到死，比如做了噩梦之后，比如头晕之时，他总是一遍遍问我：“我是不是要死了？”我也一遍遍回答：“没有的事，不会的。”我想，父亲这样不厌其烦地追问就是期待听到我的否定，他怕死。人老了，大概都会如此。

今年，家里最大的变化是：在我家做了五年保姆的小栗离开了。

小栗离开得很突然，6月的一天，她丈夫来电话说，生病了，正在医院检查。第二天，他就因胆管癌住进了医院，几天后就做了手术。

小栗的天一下子塌了。这些年夫妇两人在北京奔日子，过得实在不容易。开始几年，两个孩子在老家读书，一个读大学，一个读高中，都需要钱，因此夫妇两人干活都很努力。北京闹SARS那年，很多人纷纷离开，她丈夫却没回老家，就负责小汤山传染病院的医疗垃圾，好像还因此获得了什么荣誉。打工的日子虽苦，但夫妻俩在一地打工，也有不少温暖和乐趣。小栗休息时，便去和丈夫团聚，其他工友不在时，他们就住在职工宿舍；不方便时就住在尚未来得及拆迁的旧屋里。每次休息回来，小栗脸上都放着光彩，她曾得意地告诉过我，她坐着环卫车进颐和园了，丈夫他们去收垃圾，她则顺便把公园逛了。如果不是这样，几十元的门票，她是万万舍不得的。她还讲过，清明节的时候，夫妻二人偷偷跑到郊外一个地方给先人烧纸，“怕人看见，烧了就跑。”小栗说这话时十分兴奋，像是做了一件很刺激很了不得的事情。我见过小栗的丈夫，淳朴敦厚，还戴了一副厚厚的近视眼镜。小栗说她丈夫上学时书读得可好了，还是学校的团干部，可惜没有条件一直读下去。前两年，小栗的女儿也考上大学了，小栗说，儿子的助学贷款还没有还清，女儿一年的学费又要交七千元，就不准备让她继续读了。我说，这是决定孩子一辈子命运的大事，一定要让她读下去，我给你女儿贷款吧，不要利息，每月在你的工资里慢慢扣。这样小栗的女儿就来北京读书了。今年春节他们没有回老家，把儿子也叫过来，租了一间民房，全家人在北京过了一个团圆年。除夕下午，我买了一些年货送过去，看见小栗丈夫正在炉子上炖肉，一脸的幸福和慈爱。炉火红红，水蒸气轻柔地向四处弥漫，两个孩子在各看各的书，小屋里温馨得令人感动。如今，这一切都被打碎了。

那天我回家时，小栗见到我就哭了，吃过午饭，她简单收拾了随身用品，就赶去医院陪护老公了。小栗走了，我的天也塌了一半，过去不管怎样，家里总有一个人顶着，这许多年来，她已经熟悉了这里的一切，而我们也把她当家人一样看待。虽说她不苟言笑，虽然她的倔脾气让我吃了很多苦头，但是她为人踏实、表里如一，有她在家，我心里就踏实。

小栗走后，我又要重新安排父母的生活了。

父母一如既往，他们不管庭前花开花落，日复一日地重复着不变的日子，像一条无始无终的河流静静地流淌着。而我，不知道是因为悲观还是忙碌，在筋疲力尽之后，头脑空空。

附：2008年用工记录：

1月底，周群环回家过年，在“助力家政公司”找来三十六岁的四川妹子吴培华。

2月初，腊月二十九，吴培华哭哭啼啼地说自己犯病了，初一要和老乡一块儿回老家。我驱车驶过冷清的街道，到处找保姆未果。

大年初五，“助力家政”派遣新护工郑腊梅如约抵京，一位四十三岁的湖北人。

5月，郑腊梅辞工。新来护工张春花，山西人，三十四岁。小张人很开朗，整天嘻嘻哈哈地逗母亲说话，不管母亲说对了，还是说错了，她都叽叽嘎嘎笑个不停。陪伴一位阿尔茨海默病老人，她竟一点都不觉得苦，反而一派乐在其中的样子。

6月，小栗因丈夫生病辞工，新保姆梁秀珠走进了我们家。

11月，张春花和梁秀珠吵架辞工，取而代之的是小梁胞姐梁菊丽。姐妹二人都没有读过书，除去自己的名字，目不识丁。

今年一年来来去去，又换过五个保姆。苦啊！

2009 年　母亲失去咀嚼能力了

2009 年 5 月 × 日

日子过得快，也累。

关于母亲的病，我已经近乎麻木，很少再写“日记”了，没有想到，今天发生的事情刺激得我又重新拿起笔。

母亲不会吃东西了！

早晨，保姆梁秀珠来电话，说母亲不爱吃东西，一杯牛奶、一块面包、一个鸡蛋，平日二十分钟就可以吃完的早餐，今天吃了一个多小时，东西在嘴里就是咽不下去。我赶回家去，看看母亲的精神还好，也没有感冒发热等任何病状，便以为无大碍，叮嘱小梁几句后便匆匆上班去了。

中午时分，小梁又来电话了，说老太太还是不肯吃饭。这次不仅老太太，连老爷子也拒绝吃饭了——原因是看老太太不吃饭，爷爷心里难过，吃不下饭。

我意识到，我又面临重大危机了。

单位里一位同事告诉我，她的公公曾患此病于几年前逝世，和母亲情况相似，刚开始生病的两三年特别能吃，胃口夸张得不正常，后来食欲慢慢减退，再后来就不吃饭了，只能喂牛奶，那之后没有几个月就去世了。因此她说，不肯进食就是阿尔茨海默病到了最后阶段。母亲也到了最后的日子吗？医生曾说：此病一般病程九年。今年母亲患病正好九年，难道？

回到家，我用汤菜拌米饭，尝试着喂母亲吃，她果然把头扭来扭去，拒绝开口。

怎么办？如果在前几年，我一定毫不犹豫地拉上母亲去住院，可是现在，不知为什么我不想轻易这样办。把母亲推给医院很容易，医院的办法一定是鼻饲，母亲从此只能孤零零地躺在病床上，被动地苦熬日子。不到万不得已，我不想走这条路。

如果用奶瓶试试呢？就像喂养婴儿那样，如果可行，母亲至少可以继续留在亲人身边。几乎没有任何考虑，我果断地跑到商店里买了大小几个奶瓶，又跑到医院买了一些鼻饲食品，回到家后，我把瓶嘴剪得大大的，把食品调成汁，灌在奶瓶里。在大家期待的目光里，保姆把温度适宜的流食向母亲的口中送去，没有想到母亲依旧拒绝配合，她非但不肯好好吸吮，还拼命地向外推。这很令人沮丧。如果屡试无果，也就只有去医院一条路了。

茫然无助中，我无意识地端起一杯水，不怀任何希望地用小勺去喂母亲，她居然开口咽下去了。我大喜过望，既然能喝水，就能喝其他东西，这说明她的吞咽功能还在，她不肯开口吃饭，是不是因为她失去了咀嚼功能？仅仅是咀嚼功能而已，她还没有忘记吞咽！

我把奶瓶里的稀糊糊食物倒在碗里，用小勺一勺一勺喂到母亲嘴里，她果然没有拒绝，一口、一口很顺利地咽下去了。

我绝对没有想到，天大的问题竟然不过是举手之劳！那么从今以后，母亲就要开始过“喝饭”的日子了。也好，“喝饭”也有“喝饭”的好处，我们可以尝试把一切有营养的食材，做成鸡粥、鱼粥、面片汤、馄饨……再用果汁机打成稀糊糊，一勺一勺地喂母亲喝下去。虽然缺少了咀嚼的快感，但是从营养角度看，应该不差什么了。

2009 年 12 月 × 日

又到年底了。

母亲又住院了。

我，又遇到了新的“保姆危机”。

11 月的最后一天，小梁打来电话说母亲发烧咳嗽，我赶紧回家送母亲去医院。

在陪母亲做住院的例行检查时，我发现母亲的身体佝偻起来了。她的脖子僵硬地向前弓着，无法挺起来，两条腿也弯曲着伸不直了。这种变化始自哪一天呢？我为自己的大意而感到羞愧。母亲这半年太安静了，安静到我们漠视了她的变化，甚至忽略了她的存在。在相继失去了行走能力、吃饭能力之后，这一年来她也逐渐彻底失去了说话能力。母亲有多久没有开过口了？上次说话是什么时候呢？自从去年 6 月小梁来照顾她，她似乎很少再开口说话。小梁把她放在哪里，她就安静地待在哪里，无论是床上、轮椅上、沙发上，还是坐便椅上，她都会默默地接受。她的身体变得佝偻，我甚至以为那只是一种姿势而已。直到今天照 X 光，当我再也无法把她平放在检查床上时，我才意识到她的脊柱已经变形，再也无法伸直了。

送母亲回病房后，我久久望着蜷缩在病床上的母亲。我该怎样把眼前的母亲和曾经的美丽生命联系在一起呢？在母亲生命的最后日子，她的身体竟像母体里的胎儿一样蜷缩了起来。可是母亲的蜷缩和胎儿的蜷缩，他们的本质是多么不同啊！一个迈向生，一个走向死。胎儿在离开母体的那一刻，舒展开身体，迎接蓬蓬勃勃的生命；人在临终时，身体也会重新舒展开来（这是我在一本书上读到的），但这次舒展迎接的却是死亡了。

没有更多的时间感慨，我又得面对新的困境了。

保姆小梁怀孕了！

陪母亲拍X光片时，小梁躲出去了。事后，我问她去哪里了？她吞吞吐吐地告诉我，她已经有了两个月身孕，不能接触射线。我感到很突然。小梁年近四十，有一个十四岁的女儿在四川老家，暑假时刚刚来过北京，就住在我们家，父亲让嫂子带她去动物园看老虎、大象、猴子，去颐和园坐游船；命我上街去给小姑娘买漂亮衣服和图书，母女俩开心得不亦乐乎，怎么现在，她又想要孩子了？小梁说，女儿大了不用再操心，她想再要个儿子。尽管怀孕了，小梁说她并不打算离开我们家，她坦言自己出去问过了，在外面租一间最小的房子月租也要八百元，她说：“如果不挣钱了，还到处都要花钱，那日子就没法过了。”我说你已不年轻，算得上高龄孕妇了，每天照顾病人，搬来抱去的，万一有个闪失可如何是好。她表示无碍，说农村人皮实，只要不接触射线，不陪母亲做相关检查，其他问题都不大。她还要求我先不要告诉父亲，担心老爷子知道了就不肯再用她了。

怎么办？这许多年来一到换保姆的时候我就犯愁，对于这种必须依赖于他人的生存方式我真是痛到骨髓里了。

舍不得让小梁走。

小梁到我家快一年半了，一来就主动要求照顾母亲。她最大的优点是能善待母亲，而不像有些护工那样嫌弃病人。她称呼母亲“娘”，每到吃饭时她总是高门大嗓地喊：“娘，吃饭了！”这一声呼唤总让我感觉暖暖的。母亲大部分时候对此没有什么反应，但偶尔会伸出手来摸摸她的脸。母亲已经不认识家里的任何人了，但我想她却认得出小梁，出于对生存最谦卑的需求，此时小梁才是她生命的依靠。我喜欢小梁，尽管她从来没有上过学，除了自己的名字，大字不识，更谈不上有什么职业素养，但是有善待母亲这一点就足够了。现在想找到一位愿意护理老人的人实属不易，要找到一位像她这样乐此不疲的人更是难上加难了。

父亲也说小梁善良，对老太太的确不错，尽管整天叽叽喳喳的，说的永远比做的多。

纵有百般不舍，我却不敢留下小梁。照顾母亲这样的全瘫病人，也算是重体力劳动了，绝不是一位高龄孕妇能做的事情。

现在她一身系着两条人命，我必须对她的安全负责。

今天，小梁还是走了。

明天，我该怎么办呢？

2010 年　格外安静的一年

2010年12月×日

2010年岁末。关于母亲，今年我竟然没有记下一个字。直到年底回头望去，才发现自己对母亲如此荒疏，难道真是“久病床前无孝子”吗?

工作忙是一个原因，今年我受朋友之邀到一个公益组织任职，全年疯狂地卷在工作的旋涡里，无暇更多地关顾母亲；还有更主要的原因是，长久地没有交流。

母亲这一年过得格外平静，她的生命好像又进入一个新的平衡期，当然是那种质量很低很低的平衡。在整整一年的时间里，母亲的情况没有任何起伏波澜，当然，也不能说有任何希望。

这一年，母亲生活的全部内容只有吃饭、睡觉和如厕。她每天被保姆抱来抱去，在病床上、在坐便椅上、在轮椅上，完成她活下去的各项“使命”。母亲还剩下唯一的乐趣是，坐着轮椅由保姆推到院子里去晒太阳，当然保姆每天也会把母亲推到客厅，和家人们一起坐一会儿，可是无论在哪里，母亲都是那样蜷缩在座椅里，把头深深地埋在胸前，她对周围的一切似乎都没有感知了。她已经不能坐直，不能抬头，她的眼睛早已失去了光泽，我不知道她还存有多少听力。对于她，这个世界似乎已经不复存在。

木然中，母亲的病情似乎也固化了。仿佛是因为阿尔茨海默病病魔的肆虐，其他病痛几乎全部望而却步，这一年母亲竟然连感冒都没有患过。

每个周末，我依旧回家去看望父母，然而在母亲病榻前的时间却越来越少了，进门时，我会走到她的身边问候一声："妈，您好吗？"临走时再去看她一眼，说声："妈，我走了。"对于我的呼唤，母亲一律没有任何反应，只有极少的时候，她会微微动一动眼皮。没有交流的日子久了，我也渐渐麻木了。

好像只有保姆的频繁更换，还在不时地提醒我母亲的存在。翻阅这一年的用工记录，仅上半年就换了五次保姆，不过我对这类"有我无你"的保姆大战已经没有什么痛感和焦虑了，人来人去，战败者出局。我只有一个愿望，无论是谁，能照顾好母亲就行。日子像随波逐流的枯叶，漂一程算一程，过一天算一天，尽管父亲依旧为此忧郁，为此哭闹。

春末夏初，过去的"老"保姆小栗来信儿说，她的丈夫已经去世一年了，她想再出来打工，问我家还需要人不。旱天甘霖哪，哪有不要之理？！

就这样，小栗又回来了。

故人重逢，我们都很感慨。小栗七年前来我家照顾母亲，两年前因丈夫生病而辞工，如今她又回来了。母亲还在，徘徊在人生的边缘，可是她的丈夫却已经和她生死两界了。

小栗说，老太太变化太大了。我走时，老太太还会说话呢，现在怎么变成这个样子了?

小栗又说，老太太命真大，能活到现在真是不容易!

是的，谁提起母亲都说她活得不易，说母亲命大有福气。长寿是福。母亲的生命的确堪称奇迹，然而看着卧在病榻上的母亲，我想：但不知她那颗高贵的灵魂，真的愿意在这样的躯壳里苟活、乐享这长寿之福吗?

第九章 * 2011—2013年

人生边缘

在母亲最后的日子里，我想就让母亲躺在家中，躺在随时可见的家人的目光里，沐浴着从窗户洒进来的东起西落的阳光，静静地睡去。

2011 年　我开始准备寿衣

2011年4月×日

今天是父亲九十岁生日。九十岁，多老的老头儿啊！

2001年母亲生病时，父亲八十岁，是一位开朗健康的老头儿，每日读书作画，去老年活动中心打台球，还不时张罗着要出门旅行。那些年，能带母亲到全国各地走走是父亲最大的心愿。他老是对我们说，你妈妈这辈子走的地方太少，太可怜了，现在我一定要带她多出去走走。每次机关组织老干部旅游，父亲都兴致勃勃地报名，可惜真正实现的时候很少，往往是临近出发了，由于母亲感冒、哮喘等原因，不得不一次又一次地取消行程。如今母亲患病整整十年了，父亲在这十年里再没有出过一次家门，他从健谈变得寡言，偶有言语，也多是垂暮之叹，过去那颗生机勃勃的心，似乎也日渐干枯起来。我们曾多次劝父亲出去走走，放松几天，哥哥嫂子还表示愿意陪他回东北老家看看，可是都被他坚决地拒绝了，理由只有一个："把你妈妈一个人放在家里，我不放心！"父亲的心情我们能理解，子女做得再多，都替代不了父亲。他们夫妻六十年相濡以沫，在父亲心里，无论母亲变成什么样子，都永远是他的爱妻，是他的主心骨，尽管他的一往情深在母亲那里已经得不到丝毫反馈，可是只要在母亲身边，父亲就心里踏实。

我很佩服父亲在耄耋之年，依旧保持着清晰的头脑以及对家庭的责任心。我想，是对母亲的责任感让父亲找到了自己生存的价值和活下去的目标，这是对他生命的鼓励。这许多年来，父亲一直在和衰老顽强地抗争着，无论严寒酷暑，他坚持在院子里走步："不能不走啊，不走就走不动了。我要是先倒下了，你妈妈怎么办？"每天，他穿戴整齐了，就拿着嫂子给他买的两根登山棍，很有尊严地在小区的院子里行走。遇上雨雪天，我说，爸，你出门一定要有保姆陪着，不然摔倒了可麻烦了。父亲却不肯，说他自己能行。不知他是否意识到自己老冉冉已来至，反正依旧喜欢像过去那样独往独来。在家的时间，父亲大都沉浸在书报中，《参考消息》和一些故人的回忆录伴他度过一天天孤寂的日子。十年不离不弃的坚守虽然改变了父亲的性格，但是他依旧关心时事政治，有一天他还非常严肃地和我谈起要警惕日本军国主义抬头的问题，令我惊讶不已。

我们每年给父亲过生日，老人都会露出久违的笑容，这是一年间，他越来越难得有的开心时刻。然而快乐不长久，父亲的话题很快就会沉重起来。今天父亲对我说，他前几天在院子里散步，忽然忘了我长什么样子，他就拼命地想，一定要想起我的样子。他问，我为什么会这样？我的心里咯噔一下，这是否又是阿尔茨海默病的开始呢？联想到最近一个时期，父亲的确有一些细微的变化，过去我每天晚上打电话问候，说上几句父亲就挂线了。这一段时间，总要聊上十几分钟，父亲才意犹未尽地放下电话。从寡言到爱说话，母亲当年也曾有过这样的变化，九十岁的父亲，是否也开始步入阿尔茨海默病老人的行列？“陪伴母亲日记”还在继续，千万不要再增加“父亲日记”了！

有一个说法，这种病来得越晚，发展得越慢，且病情越轻。朋友的母亲八十多岁时开始有初期症状，病情真的发展很慢，除了迷路和健忘，直到病故都未出现如我母亲那般严重的病状。我在心中默默祈祷，万一父亲真的患上此病，也期望他别像母亲这样遭罪。

2011年9月×日

今天，过去的保姆小梁来电话了。小梁2009年底因怀孕离开我家，至今已经快两年了。她在电话里说，去年如愿生了一个儿子，现在已经一岁多了，她把儿子送回四川老家交给婆婆照顾，自己又回到北京打工来了，小梁问我家里还需要人不，她还想回来。

我好生感慨，母亲生病期间，她的身边上演了多少人生悲喜剧啊。先是小栗的丈夫病了，故了；小栗走了，又来了。后来又是小梁怀孕了，生了；小梁也走了，又要回来。生命就这样周而复始生生不息，这些年大家的生活都发生了很多变化，不变的似乎只有母亲，她以不变应万变，带病维持着最平缓的生命频谱，甚至越来越带有一种永恒的味道。

自去年入冬，母亲就再也没有出过家门，她的体质实在太虚弱了，见风就流鼻涕，有时甚至还会引起低烧。为了减少生病，我们索性让她在家里的阳台上晒太阳了。现在每天除了吃饭、晒太阳和上厕所，母亲大多时间都在睡觉。无论是躺着还是坐着，无论是睡着还是醒着，母亲和任何人都不交流了，我们大声呼唤她时，她最好的反应是睁开眼睛看你一眼，大多数时间则没有任何反应。我望着躺在床上的母亲，这样吃喝拉撒睡的日子已经近一年，她的脸庞居然光洁起来，神态也变得十分安详。母亲还有感知吗？她的心底是否也如同她的表情一样宁静？眼前的这种状态对于她是幸福呢，还是不幸？

我和父亲商量，还是请小梁回来照顾母亲吧，她熟悉情况，并且她喜欢“娘，娘！”地高声呼叫，这或许有助于唤回母亲的些许记忆。

听说我们准备让小梁回来，小栗赶紧在一旁说，她老家有一位远房亲戚黄毛妮，人很好，老实，勤快，正托她在城里找活干，可以叫她过来伺候老太太。我问，她出来做过吗？小栗说，不清楚，不过没有关系，有啥不会的，我可以帮忙。

我理解小栗的心思，她怕和小梁不好相处，想赶紧找个熟悉的人顶上。

2011年10月×日

周末，照例回家。

黄毛妮看到我就说，老太太这阵子好像明白事儿了。我说，怎么可能？她说，是真的，她昨天把老太太放到轮椅上，听到老太太喃喃自语：“够了，够了。”

我不相信这是真的，因为母亲不会说话已经很久了。

黄毛妮已经六十岁了，说一口乡音重重的河南话，她从未出过家门，请这样一个人照顾母亲实在不合适，但是她的确朴实肯干，并且善良。尽管从小到大没有读过一天书，甚至连个正式的名字都没有，乳名“毛妮”从小叫到老，但是她把母亲照顾得也蛮好。她来了快一个月了，大家对她印象都挺好。小栗叫她黄姐，我们都随着小栗叫。

午饭前，黄姐推母亲到阳台上晒太阳，哥哥走过去拉起母亲的手陪坐在一旁。这时，不可思议的事情发生了，两行热泪顺着母亲的脸颊流下来，黄姐在一旁说：“你们看，老太太哭了，老太太哭了。我说嘛，老太太心里还明白呢。”说着她自己的眼圈也红了。

母亲真的明白了吗？我急忙跑过去，大声喊：“妈！妈！”

母亲却一点反应也没有了，只有那两行热泪还真实地留在她的脸上。

这些年，有一件事情我一直很纠结。看着母亲在痛苦中一步步走向深渊，我不知道自己当年对她隐瞒病情是否正确。这样做是否侵犯了母亲的知情权？里根患病时，他的医生告诉他了，他因此给美国人民写了一封告知信，从此销声匿迹直到死亡。母亲从患病到今天，一直糊里糊涂的，如果一开始，在她还有理解力时，我就告诉她未来将发生的事情，对她是否更公平？可是我从来没有说过。只是在她患病的前两年，因为她一次错误的坚持，我实在气不过，大声嚷：“你不能那样做，你已经糊涂了，你患了老年痴呆症，你根本没有判断力了！”母亲也大声嚷：“你才糊涂了，你才老年痴呆！”

晚上想起白天的事情，我突然不安起来，母亲流泪是不是预示着什么？这样想着，辗转难眠了。

2011年10月×日

果然，母亲出情况了！

大清早被电话惊醒，许久没有这样惊悚的铃声了。

小栗焦急的声音："老太太情况不好，喘不上气来，你快回来！"

急急忙忙赶回家去，哥嫂都已经到了，围在母亲床前，而母亲则平静地躺在床上。

小栗描述说，早晨，扶老太太起来坐便，她忽然就呼噜起来了，大口大口地喘粗气，呼吸十分困难。

——后来呢？

——后来我和黄姐急忙给她抚胸、拍背、掐人中，过了好一阵子，她这股劲儿才慢慢地过去了。

一场虚惊。

仅仅是一场虚惊吗？如果母亲这口气真的喘不上来了，那么一切便都结束了。现在怎么办？送医吗？这会儿的母亲和平日并无两样，到医院又要进行各种检查，折腾半天能查出什么结果吗？可是如果不送医，万一母亲真的有事被耽误了，我们将来肯定要后悔死。

和哥哥商量后决定，还是再观察一下，暂时不送医院。我们心里都明白：母亲生命的烛火已经燃到最后，即便送到医院也未必有什么好方法。

我到药店买了一些丹参滴丸，告诉小栗、黄姐服用方法，叮嘱她们再出现类似情况，马上给老太太服下。

折腾了一个早晨，一切恢复平静。为了不让父亲担心，我们大家有个约定，这类事情一律不告诉他。吃早饭时，父亲很奇怪怎么我们都出现在家里："今天是星期六吗？怎么你们来得这样早？"

2011年11月×日

我开始为母亲准备寿衣了。

自打前些日子母亲有过那次呼吸窘迫之后，同样的情况又连续发生了几次，每次小栗她们都用掐人中、捶后背、服用丹参滴丸等方法进行处置，当我们赶过去时，母亲都有惊无险地缓过来了，可是万一哪次缓不过来呢？我想，似乎应该为母亲准备后事了。

一周时间，转了半个北京城，跑了五六家寿衣店，最后终于决定在“瑞林祥”为母亲定制老衣。这么多寿衣店，竟无一家让我满意。老北京人有个说法，人走时不能穿毛料衣服，否则下辈子会托生成长毛动物，因此北京人的老衣都是用棉布或丝绸制作的。“瑞林祥”是一家老字号绸布店，这里的东西质地好，做工也精细，只有那卡其布的西服外套，却怎么看都不得体。店员说，这就是个意思，没有必要那么认真。我却不能苟同。这是母亲在这个世上的最后一套服装了，无论如何也要让她穿得端庄美丽。我到外面的制衣店为母亲另外定制了一套西服外套，青花瓷图案的细条绒上衣和蓝色西裤，配在深红色的中式丝绸棉袄外，这才是母亲的风格。

心略安，寿衣的事情就这样解决了。其实一件挺简单的事情，半天就可以办好，我竟用了那么多天！我是在追求完美吗？还是老了，做事变得优柔寡断起来？

有一种说法，寿衣可以冲喜。我不相信这些，但是说也奇怪，把做好的寿衣放在母亲的衣橱里，她的身体状况似乎真的又平稳下来。

母亲在继续创造生命的奇迹，我却在一天天地老去了。

2011 年 12 月 × 日

今天冬至，是母亲八十二周岁生日。

母亲生于 1929 年，农历己巳蛇年十一月二十八日。母亲过农历生日，阳历生日的时间每年变换不定，大都在岁末，偶尔也在翌年初。

做上一桌丰盛的菜肴，全家人坐在一起为母亲庆生，寿星佬却不在席间，她独自卧在自己房间的病榻上。这一两年，母亲的活动范围又大大地缩小了，已经很少出现在客厅、餐厅等公共空间，尤其是今年下半年以来，她待在床上的时间明显地增多了。过去，白天母亲大多坐在轮椅上，在客厅里享受和家人在一起的温馨。如今，更多的时候母亲是一个人孤零零地躺在病床上，就和植物人一样，无论家人怎样呼唤，她都很少有什么反应了，只在极个别的时候，她会努力睁开眼睛，茫茫然地向有声音的地方张望一下。

“妈妈，是我，您能看到我吗？”我经常这样对母亲说话，母亲当然不会做任何回答。有时，我把手指放在母亲唇边，她会像雏鸟一样，条件反射似的张开嘴寻找食物，眼睛却并不睁开，护工每天就是这样根据母亲的本能反应给她喂饭。床上躺久了，我很担心她会生褥疮。护工说，情况还好，每天吃三顿饭，喝两次水果汁，加上如厕时间，老太太一天至少会被抱起来七八次，每次起来，多则坐上一个小时，少则半个小时，这样频繁地变换姿势避免了褥疮，即便偶发小块褥疮，也很快痊愈，不会酿成大问题。这样的生存状态，母亲有煎熬感吗？否定的结论让我感到些许心安。人但凡有丝毫感知，便很难在这种境遇中生存。没有感知就没有痛苦，也没有对于死亡的恐惧。当年医生介绍阿尔茨海默病时，我曾是那样地期待母亲不要走到悲惨的最后，要体面地活着，体面地离开。没有想到命运弄人，母亲在经历了一切人世间最不堪的境遇之后，依旧顽强地活在世间，我们还在给她庆生，虽然她和这一切早已无关了。

我们把生日蛋糕端到她面前，祝福她生日快乐。之后再取上一小块，加入适当的汤水用果汁机搅碎喂她吃下，就算是完成了生日仪式。

看护工喂母亲吃蛋糕，我百感交集。此时的母亲，既听不到亲人的祝福，亦感受不到亲情的温暖，我们所做的这一切，是为了母亲，还是为了我们自己呢？娘啊，此刻我真的不知道是应该祝您长寿延年，还是应该祈福您早脱苦海往生彼岸。

2012年　人活一口气

2012年2月×日

今天早晨保姆打来电话，说母亲的情况真的不好了，这次不仅喘不上气，还吐白沫了。

我们匆忙回家，所幸到家时母亲已经没事了。

去年岁末以来，母亲反复出现这种情况，到底是什么原因呢？是痰堵住了，还是其他的什么？记得小时候姥姥一生气就说，你们就气我吧，气得我一口气上不来，就找我娘去了，不再管你们了。

人生在此岸还是彼岸，真的不就是这一口气之别吗？

2012 年 5 月 × 日

随着天气逐渐变暖、变热，母亲的这口气终于喘匀了，这一两个月，母亲再也没有发生过喘不上气的状况。

前些日子，黄姐被儿子叫回老家去看孙子了。黄姐走时老大不情愿，但是又怕不回去，惹得儿子儿媳不高兴，将来没人给她养老。

“你们城里人有福气，老了有工资，有人养。你看老太太多好，别看躺在床上什么都不知道，每月照样有几千块工资。城里人也孝顺，你看你们多孝顺，我们乡下人可不行。”黄姐羡慕地说。

黄姐说这些时，是不假思索的。我们家的保姆们说出的话，很多听似语不惊人，却常让人无言以对。黄姐的话不由得让我联想起鲁迅先生所言，煤油大王哪里知道北京捡煤渣老婆子的辛酸。我忽然觉得有些“庆幸”起来，至少，我这“城里人”，尽管天天为母亲那一口气而担心，却不必承受“乡下人”为那“一口气”的憋闷。黄姐这么一说，让我觉得自己所承受的一切，应该不算什么。其实无论城里人、乡下人，尽心尽力才是重要原则。

说到“孝顺”，父亲也经常说我是个孝顺女儿，我却从来没有认真思考过这个问题。“乌鸦有反哺之意，羔羊有跪乳之恩”，我认为自己所做的一切，只不过是为人子女的本能而已，这本能出自亲情与责任，我不喜欢把它和“美德规范”扯到一起。

现在照顾母亲的护工姓王，自我介绍曾在乡村卫生院做过院长，很为自己的资质自豪。她不无骄傲地说，自从她到我家，因护理有方，老太太最近胖了，腰也能伸直一些了，甚至还有点明白事儿了，和她讲话，她好像也能听懂一些了。

我将信将疑，走到母亲床前大声叫“娘”，不知是否是心理作用，我也感觉情况似乎真的和过去有些不同，一向对呼叫没什么反应的母亲，这次竟然费力地睁开了眼睛。母亲的目光是混浊的，这让我怀疑她是否还有视力，抑或是只有光感？自几年前母亲患眼病后，她的眼睛似乎没有再出现什么情况，不过她现在的视力如何，青光眼是否有发展，有没有白内障……因其无法诉说，我们也无从知道。如果她已经失明了，那么意识的复苏并非什么好事，只能平添一份在黑暗中煎熬的痛苦。还有，可以挺腰是福是祸呢？听说这样蜷缩的身体，要一直到死才能舒展开来。现在如果舒展了，那意味着什么呢？

2012 年 12 月 × 日

岁末了，母亲又走过一年。

这一年，母亲曾经发生了一些小状况，也出现一些不可思议的好转。终归，都没有发生什么大事，母亲走过了波澜不惊的一年。

2013 年　尿血，又闯过一道关

2013年1月×日

对母亲，我终于彻底麻木了。

很久了，我几乎不再记录什么。母亲刚生病的那些年，她痛苦，我也痛苦，我把痛苦付诸纸上；后来，母亲的病情一波三折，记录就成了我的惯性依赖；现在，母亲每天重复着同样的日子，已经没有任何痛苦的感知，我的情感亦不再波澜，一天天淡下来。

说起来，这一两年母亲真的如在梦中了，病情既不好也不坏，每天的大部分时间都在床上度过。阳光好时，护工会用轮椅把她推到阳台上晒太阳；除此之外，只有吃饭、喝水和如厕时，她才会坐起来。其他时间，她就那样静静地躺在床上。一日三餐，打成糊糊的饭菜母亲吃得很可口，坐到便椅上会顺利排尿排便，躺在床上亦睡得安详。保姆换了一茬又一茬，我甚至已经记不清楚到底请过多少人，记不清每一位保姆的名字，她们来了又去了，像走马灯似的在我身边旋转而过。生活的万花筒千变万化，不变的唯有母亲，她的生命似乎凝固在这里了。

老保姆小栗又离开我家了，这次是因为她的儿媳临产，她要回去伺候月子。想起当年她第一次来我家时，儿子还在大学读书，她出来打工为了给孩子挣学费，现在她的儿子已经成家立业，并且就要做爸爸了。眼下，家里又来了两位年轻的新人，照顾母亲的护工沈爱玲是位80后，刚刚三十岁出头，已是两个孩子的母亲。小沈开朗善良，做事耐心，天生一副好脾气；做家务的保姆姜巧巧是甘肃人，利索能干，把家里的那点事情打点得井井有条，小姜人长得漂亮，又会打扮，出门走在街上不输给任何一个北京姑娘。和上一代打工者不同，年轻人婆婆妈妈的事情不多，两人每天乐呵呵的，给家里增添不少生气。可以说，这段时间是自母亲生病以来，我最省心的时光了。

日子就这样缓慢流淌着，如果不是母亲突然出了状况，我还不知何时会拿出“陪伴母亲日记”。

事情发生在一周前。

那天早晨，爱玲打来电话，说老太太尿血了，她说可能是尿道炎。我赶回家，仔细观察后确认母亲并非是尿血，而是阴道出血了，血量还不少，然而母亲并不发烧，似乎可以排除炎症的可能性，那么是什么原因造成出血呢，肿瘤吗?

嫂子告诉我，不管什么原因，出血终归不是好事情。她的母亲几年前也是死于阿尔茨海默病，最后的症状是肠道出血。尽管每个人情况不同，但是无论哪里出血，都一定要警惕了。

如果前两年，二话不说叫救护车送医院是我不二的选择，可是现在，我犹豫了。

我发愁地望着睡在床上的母亲。自从2009年冬天那次住院之后，母亲再也没有去过医院，这三四年，母亲虽然经历了喘气困难等险情，但是都有惊无险地度过了，病情基本平稳；即便偶有轻微感冒症状，吃两包冲剂也就过去了。静静的岁月里，母亲的身体状况很明显在一天天地衰落，像纸糊的人形，放久了，愈来愈破败，愈来愈令人不敢轻易去触碰，好像随时都会有散架的危险。这样的身体还经得起送医折腾吗？入院前那些必需的例行医疗检查，母亲还能完成吗？如果不检查，医生肯收留住院吗？退一万步，就算幸运地完成了一系列检查，也找出了病因，发现有肿瘤，母亲还能承受手术吗？一连串的问号，答案都是否定的。既然如此，那送到医院有什么意义呢？

我给一位医生打电话咨询，前些年母亲一直在她那里的医院住院，她十分了解母亲的病情。接到我的电话，这位医生毫不掩饰自己的惊讶："阿姨还活着？这几年都没听到她的消息，我还以为她早已经不在了。"

听我介绍情况后，医生也觉得我的想法是对的，现在送医院，并不一定是最佳选择。或许在家里的床上，老人会活得更舒服些。

"如果送到医院，一定要先做检查，否则，我们不能处置。"医生明确地说。她建议，如果出血量不大，可以先在家里用点止血药，观察两天。如果无效或者发生发烧等情况，再马上送医。

医生建议的药方是云南白药。她说别管是哪里出血，先止住再说。我当即去药店买来给母亲服下，没有想到立竿见影，当天晚上血量就减少了许多，两天之后，干干净净的一点血也没有了。

这药，神了。

不，是母亲神了。我怎么也没想到，母亲竟如此轻松地跨过了这道坎，再次创造了生命的奇迹。

生活，又回到原来的轨道。

2013 年 12 月 × 日

今年是母亲的本命年，几天前给母亲过了生日，母亲整八十四周岁了。

中国有句老话：七十三，八十四，阎王不请自己去。这话对母亲不灵，八十四岁，母亲平安度过，尽管这一年过得并不顺利。

继年初阴道出血之后，母亲在这一年里再也没有发生过此类情况。不过，今年母亲感冒的次数明显增加了，和前几年不同，今年每次感冒都伴有低烧，虽说不高，大都是三十七度五六，可是我依旧提心吊胆的。我心里清楚，母亲表象尚好，但是卧床这么多年，她身体里的抵抗力早已消耗殆尽，任何一点小病都可能引发身体的全面崩溃。一次次地纠结，不到万不得已，我还是不想送母亲去医院。我固执地认为，现在去医院，除了折腾别无任何意义。我问自己，我有权为她做出这样的决定吗？万一耽误了病情怎么办？可是我更清楚，把完全没有自主意识的母亲推给医院，除了摘清自己的责任，于母亲没有任何益处。

不知为什么，我还有一种感觉，如果现在我把母亲带出家门，她可能就再也回不来了。在母亲最后的日子里，我想就让母亲躺在家中，躺在随时可见的家人的目光里，沐浴着从窗户洒进来的东起西落的阳光，静静地睡去。尽管我知道，她早已不是我熟悉的母亲，我那位高雅自尊、性情淡泊的母亲早已离开我们而去，这许多年来魔鬼肆虐在母亲体内，残害了母亲的灵魂，也伤透了亲人们的心。但是无论怎样，母亲的肉体还在，一息尚存。哪怕生命还有最后一缕游丝，我们也要给她最好的关爱。

久病成医，母亲多年卧病，我也算得上百炼成医了。我用冲剂、胶囊等中药治疗母亲的感冒，用清开灵泡腾片等为母亲退烧，逢到母亲咳嗽有痰时，我就用一些头孢类药物消炎。说来也真奇怪，这些最简单的药居然对母亲都很有效，每次药到都能病除，我不知道是母亲有很好的自愈能力，还是她连生病的气力都没有了。

什么叫生命力？母亲的表现，是也。

八十四岁这一年，母亲又命若游丝地战胜了魔咒。我由衷地祝福她，却不知道我的努力带给她的是什么。我也拿不准我的选择是否正确，但母亲用她绵延的生命告诉我，也许我是对的。

第十章

*

2014年

顽强的坚守

母亲活得坚韧，我们守候得顽强，有时我疲惫至极，望着床榻上毫无动静的母亲想：娘啊，这是我们在守候着您，还是您在无言中守望着我们？

2014年5月×日

《黄帝内经》中有言："而尽终其天年，度百岁乃去。"

母亲天年未尽，依旧与我们同在。然而，她的生命仿佛静止了，处于一种既无生也无死的状态。她的眼睛基本不再睁开，即使我们大声呼唤，她也只是很偶尔地动一动眼皮。母亲微微睁开眼时，她的目光像盲人一样混浊，我怀疑她已经失明了，却不知始于哪一天。可怜的母亲早已不能告诉我们，这几年到底都发生了什么。她是否还能看到身边的世界？她是否还能听到亲人的声音？如果她已经失去了这一切，那么她还拥有什么？只有心还在跳动、肺还在呼吸吗？依靠这仅存的生命搏动，她在顽强地传递着最后的气息。用小勺触其唇，她便张嘴吃东西；把她放在便椅上，她便排泄；给她洗漱干净放在床上，她便一动不动地睡在那里。

活着不易，死亦不易。近来我常常想，现在母亲生存的意义是什么呢？对于母亲，她可能已经感觉不到任何意义了；然而对于我们，母亲活着，就是全部意义。母亲还在身边，我们依旧能强烈地感受到骨血亲情和身上的责任。

责任如山啊。这些日子父亲总是说，活到这份儿上，太没有意思了。老太太不理人了，身边朋友也都走了。话虽这样说，父亲依旧努力活着，我知道，他是为了母亲，为了能守候在母亲身边、活到母亲身后，完成一个丈夫最后的职责。

多少年了，我们全家人就这样守候着母亲，一丝不苟地，同心协力地，相濡以沫地，守候着。我常想，只有幸福地生活过的一家人才能坚持这样毫无希望的守候。母亲活得坚韧，我们守候得顽强，有时我疲惫至极，望着床榻上毫无动静的母亲想：娘啊，这是我们在守候着您，还是您在无言中守望着我们？

2014年5月×日

时光在守候中消逝，我们已经学会了在守候中波澜不惊，可是年迈的父亲，却一天比一天更焦虑。

这两年来，父亲越来越频繁地发脾气，不要说别人感到莫名其妙，大多时候连他自己也不明白为什么，就是烦躁，就是想哭，就是想发泄。

“你妈妈也不理我，我太寂寞了。”父亲今天又这样对我抱怨。这句话这些年已经被父亲重复了无数遍，父亲还在期待奇迹吗？母亲进入植物人状态已经几年了，全家人都早已接受了这个现实，只有在父亲心里，漫长的爱情还在继续。我想他心里应该清楚，与他相守六十五年的妻子，早已走出了他的生活，不要说贴心话语，就连惹他发火的唠叨也无从寻觅了。可是他似乎依旧不肯承认这样的结局。对于父亲的精神需求我无以回应，但是我理解父亲的寂寞，他需要倾诉，需要有人说话，如果我们忽略了这一点，父亲迟早会出大问题。

现在我们回家，与其说是为了母亲，不如说，更多的是为了父亲，为了陪父亲说话，为了让他从焦虑的困境中解脱出来。每次回家，我们都主动地找一些话题让他讲，比如他的童年，比如东北的民俗，比如抗日的经历，等等。

父亲的记忆力极好，谈起往事，时间、地点、人物记得清清楚楚，甚至一些诗歌文字，也都完整地保存在他的记忆中。

一次，他讲了一个小故事。当年他和几位同学，一起从东北跑到关内抗日，在重庆“东北救亡总会”工作。当时他们寄居的房东是一位大会计师，在重庆市开了一家很大的事务所。因为战乱，他很少到市里上班，大部分时间闲住在郊区一所名为“穹庐”的别墅中。为此，这位会计师做了一首小诗，讲到这里，父亲随口背出了这首诗：“为避兵火寄穹庐，此身渐与朝市疏；若问野人生计事，窗前流水枕边书。”

“爸，您也太厉害了，怎么这个也能记得这么清楚啊！”我大声惊叹。

父亲继续讲：“国难当头，他自命闲人野鹤，还自鸣得意，不对嘛。我们当中有人当即和了一首，彼此的人生态度和境界立显高下，让这位大会计师无地自容——慕君高卧有穹庐，我坐穹庐梦亦疏。国难当前无所事，小楼羞对古人书。”

在我的请求下，父亲随手把两首小诗写给了我。这样的谈话能给父亲带来短暂的快乐。闪光的往事令人振奋，也可以让人感到那个时代中国人的家国之念和孜孜追求。

可惜父亲并不总是谈这些“过五关斩六将”的快事，更多的时候，他似乎更愿意谈自己这一生中走过的“麦城”，比如作为知识分子出身的干部，曾经如何遭到排挤；比如在新中国成立后频繁的政治运动中，如何挨整；再比如，最刻骨铭心的苦难，是“文革”中不堪回首的经历，如何关牛棚，如何被批斗，过去坦诚相待的同事如何瞬间变成落井下石的小人……对于这一切，父亲全部耿耿于怀，有时说着说着，他甚至会像回到往昔般激动起来。有人说，时间是最好的疗伤剂，过去的事一定会淡忘，可是父亲却念念不忘，也不肯忘，多少年过去了，他心目中的坏人、小人，他一个都不肯原谅。他一遍遍咀嚼痛苦，其实也是一种对自身的伤害，这不仅使他心情抑郁，也给我们平添了不少忧虑。

除去回忆往事，父亲近来越来越多的话题是身体。几乎每次聊天，父亲一定要谈到身体。

——我这一阵子一点劲儿也没有，走路根本就迈不开步子。我要是瘫在床上，我就不活了。

——我的身体真的不行了。这两天眼前一阵阵发黑，或许要瞎了？如果真瞎了，那以后的日子可怎么过啊？

——我活得太痛苦了，要不是为了你妈妈，我自己早就走了。

…………

其实在我看来，父亲的整体状态还是不错的，一位九十三岁高龄的老人，身体器官衰退也不足为怪，视力、听力、脚力，危机接踵而至也在情理之中。我认为，对身体的不理智的期待才是他痛苦的根本原因。

“爸，您想开点，您真的很棒了。九十多岁的人了，每天能自己在院子里散步，不但生活完全自理，还能管家，多好啊！”我由衷地伸出大拇指，可是父亲根本不买账。

“走路算什么？院里老王头儿比我还大两岁，现在还能骑车呢。”父亲不服气地反驳，他的好强本色终身不改。我只好说：“有几个老王头儿？机关里和你同时代的干部一两千人，现在还剩下几个人，恐怕连十个人都不到了。大家全走了，你们这一代人都走了，还有很多比你小一二十岁的下一代人也走了，和他们比，您该知足才对。”

父亲无奈地摇头，为陪伴母亲走下去，他不允许自己有丝毫的力不从心。

为帮助父亲摆脱焦虑，我们增加了回家的频率。天气适宜时，嫂子每周还会带父亲去钓一次鱼——那是父亲年轻时的爱好，钓鱼可以带给父亲一天的好心情。周围的钓鱼客们听说父亲九十多岁了，无不送上慷慨的赞誉，更重要的是，收获更能让父亲体会到自己的价值。

“我钓了不少鱼，保姆都收拾干净了，也吃不完哪，你嫂子拿了两条，你也回来拿两条吧。”几乎每次钓鱼回来，父亲都会在电话里这样说，一来是展示自己的“战绩”，二来他也想借此让我多回家几趟。

父亲想我们，想到骨髓当中了，尽管我们每天通电话，尽管我们每周回家，可是依旧不能减少他无时无刻不在的思念和孤独。

“我想你们，我知道你们都有自己的事，不能每天守在我身边，可是我自己也搞不明白，为什么这么想你们，是不是我要走了？活到这个份儿上，我什么都没有了，只有你们，你们一不在家，我就孤独、孤单、寂寞、心焦、落寞、可怜……”

父亲一口气说出他能够想到的、可以表达心情的全部词汇。他说得沉重，我听得压抑。

“这可能是我的日子不多了。我这么大岁数，随时都可能去见阎王，我要是真的先走了，你妈妈可怎么办？”

最后的话题往往落在死亡和身后之事上。

对于父亲的顾虑，我多少次郑重地做出承诺：“第一，您不会就这么不明不白地走了。第二，将来不管您和妈妈谁先离开，剩下的人都还有我们陪伴，我们会照顾好后走的人，您没有必要想得太多。”

可是父亲似乎并不理会我的承诺，通电话也好，见面也好，他依旧用同样的语言，重复同样的话题。我知道，父亲的坏心情绝不仅仅来自孤独，更来自对无助的愤怒。一个一生好强的人，当他突然发现，自己终究抗不过岁月，求告无门，就只有一遍又一遍地诉诸儿女了，但儿女又怎么能阻止这生命衰老的进程呢？因此尽管我们绞尽脑汁地宽慰父亲，他依旧沉湎在自己空落落的情绪里，难有丝毫改善。

我们知道，只要母亲还在病榻上，父亲的焦虑就不会减少，只会与日俱增。

2014年6月×日

父亲常常说，我的孩子们都很孝顺。我不知道哥哥和妹妹听了有什么感受，我却并不喜欢这样的表扬，甚至会感到隐隐的苦涩。我相信他是由衷的，并从中体味到了父亲的勉励和期待，但这却令我有一种莫名的压力。父亲怕我被当下的重负摧毁吗？他怕我不能一如既往地坚持下去？我当然会一如既往，我会努力坚持下去，但是我不喜欢用“孝”来表彰。

小时候，不知道“孝”是什么。整日忙于工作的父母几乎无暇照顾家庭，自然也包括他们年迈的父母。作为子女，我们觉得他们的行为是那样地崇高，有革命信仰支撑，一切都是合理的，今天，父亲或许认为“孝女”二字是他对我最大的褒奖，我却更愿意把自己的行为解释为“亲情”和“责任”，亲情似海，责任如山哪。

可惜，即便我们尽力了，父亲却并没有因此得到满足和快乐。

今天周末，回家看父母。准备离开时，父亲坐在沙发上，眼巴巴地望着我们，说了一句：“这就走吗？”说完就默默地抹起眼泪来。

这样的场面不是第一次了，总是让我们揪心且无奈。老话说，老小孩，老小孩，老了，就是孩子，可是有谁能真的像对待孩子那样对待老人呢？孩子哭闹不让父母离去，父母一般都会坚决走开，不会为此感到丝毫难过，孩子嘛，哭是很正常的。可是当我们面对的是老人，老人哭闹不让子女离去，即便我们知道他此时的心态就如同一个孩童，我们也依旧会感到沉甸甸的压抑。

安抚了可怜的老父亲，我们牵肠挂肚地走了。

父亲这几个月太脆弱了，我一直认为他患了轻微的老年抑郁，哭是一种病态。书上说，长年守护阿尔茨海默病病人很容易罹患此病。过去几年中，我曾多次和父亲商量去看看医生，父亲坚决不肯，无奈，我只能在药店买一些解忧的中成药，尽管看不到明显效果，聊胜于无吧。

父亲情绪的起伏，也曾让我一度波动，尤其是前些年，父亲难过我就难过，父亲痛苦我就痛苦，痛苦积压多了，每天似乎都生活在阴郁的天空下，我甚至分不清我是在为父亲痛苦，还是在为自己痛苦。说起来，父亲实在是太不容易了，十几年了，我们来来往往的，还有把苦恼搁置一旁的间隙，他却是每时每刻，都在用自己老迈的身躯支撑着母亲的生命，每天和母亲朝夕相处，他所承受的压力远远超乎我们的想象。他心里苦，需要和人交流，可哪里还有能和他说话的人呢？朋友们都走了，同事们也走了，老伴儿是这般情景，他还能把自己的心灵寄托在何处？因此，除了期盼来自儿女们的关注和重视，他还能寻求什么呢？

不过，父亲沮丧的情绪的确对我造成了极大精神负担，最初的倾诉，摧枯拉朽般地让我震惊；日子久了，对于父亲“祥林嫂”式的诉说，我习惯并渐渐麻木，“倾听”变成“飘风过耳”。猛然悟到这一点时，我在内心谴责自己的“简慢”，却又很快为自己开脱，我将这种“简慢”解释为潜在的自我保护意识在发挥作用，是我从父亲的情绪阴影中自我解脱的不得已的手段。我见过不少豁达的老人，无论命运里发生了什么，他们都不迷失自己的生活，我希望父亲也能如此。可惜性格决定命运，耿直认真的父亲老年后愈发固执，他宁愿抱定自己的痛苦走到最后，也不会尝试着去想开些，退一步海阔天空，给自己留下一点解脱的空间。

父母暮年的生存状态令我对长寿的意义产生了根本怀疑。没有快乐的长寿是幸福还是不幸？说起来我也老了，我希望自己能在阳光和欢乐中，淡定优雅地老去。

2014年8月×日

早晨到公园走步。

路边树林里有一群老人围成圈，在一位老者的带领下锻炼身体。他们兴奋地拍着手，大声咏诵："超常能量，就在平常，思维沟通，全身舒畅！"说着长吼两声："通——！通——！"

紧接着，他们雀跃起来，加快频率高喊："经络舒畅！经络舒畅！筋骨舒畅！筋骨舒畅！气血舒畅！全身舒畅！"接下来又是一声长长的"畅——"！

时值盛夏，尽管是早晨，天气依旧很热，老人们穿戴清爽鲜亮，如在无人之境一般，忘我地跳动着。我被他们吸引了，索性坐在一边的长椅上看起来。

片刻，他们稍微放慢语速，依旧高声朗诵道："不念不拍不知道，一念一拍真奇妙，用心用力认真练，发热出汗百病消！百病消——！"

之后，运动仿佛进入高潮，场上愈发沸腾热烈，老人们一起跃动着高喊："天天运动好处多，返老还童倒着活！倒着活！倒着活！"

…………

我很感慨，人似乎只有活到了这把年纪，才开始认真地关注自己的身体，才迸发出对于生命的强烈渴望。

我想起父母。父亲也在越来越强烈地渴望生命吗？他的不安和焦虑是否和这种渴望有关？随着日益年迈，他感受到了越来越大的压力，只是父亲太老了，他已经不能像眼前这些老人一样跳起来尽情地发散。母亲呢？母亲早已经没有任何想法，也没有任何痛苦，无欲本是一种幸福，可惜母亲为此付出了太大的代价。再想想自己，已经年到花甲，和眼前这些老人相比其实也年轻不了几岁，然而双亲还在，我无暇考虑“倒着活”，只想陪着父母继续向前走，直到他们去了彼岸，才能有时间思考自己今后的生命。

2014年8月×日

今天回家，发现母亲生褥疮了。

我没有责怪保姆，这些年，大家已经小心再小心，精心又精心了，母亲终年躺在床上，出现这样的情况也在所难免。不过我心里很自责，这两年我知道母亲断断续续地生过褥疮，每次一发现苗头，我们马上采取措施，很快就痊愈了，始终没有酿成什么大问题。但这一次，情况似乎比从前都严重，站在母亲床前，一个硬币大的鲜红创面是那样刺眼地扎在我的心上。母亲一定很疼，可惜她已经无法诉说了。

这就是人们所说的“久病床前无孝子”吗？这些年，我好像逐渐适应了一切悲惨和荒谬的事情，心上生了一层厚厚的硬茧。母亲刚病那几年，病魔来势汹汹带给我一次次冲击和混乱，每次心都会很痛。如今病魔好像也累了，不再有新的表演——当然也绝对不肯退出舞台，我的切肤之痛好像也随之淡去了，除了更换保姆时造成的短暂混乱，其余时间我似乎已经不再为母亲所累了。每次回家，先看看睡在床上的母亲，她静静地蜷曲在那里，无语无欲无求无望。之后，大家该干什么干什么，聊天、做饭、看电视，留下母亲一个人独自去面对和承担她的生命。说习惯也好，说麻木也好，甚至说我们都有些漠然也不为过。或许这是人逃避苦难的本能？

前面的路还有多少磨难？看着躺在床上的母亲，感受着她的痛苦，期待这只是我们视觉上的痛苦，但愿她自己已经感受不到任何痛苦了。忘记在哪里曾经看到过一句爱尔兰谚语：这是通往美好人生和更美好的死亡的道路。

但，母亲的死亡之路没有丝毫“美好”可言。

2014年10月×日

得闲，翻阅这些年的“陪伴母亲日记”，过去的一幕一幕重现眼前。

难以想象母亲生病这十四年来我们是如何走过来的。母亲生病时，我四十八岁，还是中年；如今我已经六十二岁了，渐入老年。父亲更是从年届八十走到了九十三岁的耄耋之年。十四年在自然界只是短暂一瞬，而在一个人的生命里，却是一段很长、很长的时间。在这段时间里，我们经历了太多、太多的悲剧，我们为此惊慌无措过，为此心烦意乱过，也为此悲观绝望过，然而日子还是这样一天一天过来了。在缓缓流淌的生活中，全家人相互支撑着适应了一切苦痛。走到今天，我问自己，我还为母亲焦虑吗？我还为母亲煎熬吗？我惊讶地发现，我已经不再痛苦了，对于现状我十分平静——日子似乎并不像想象的那样艰难。这些年，我们全家无条件地接受了母亲带给她自己，也带给我们的命运。一旦认可了这一现状，接受了这一现状，日子反而从容多了。

母亲的生命之烛依旧在风中摇曳，那些不解的生命之谜却令我迷茫。关于生命伦理，我没有任何理论支撑，却有太多、太多感受。人应该怎样活着？又如何能顺利地“死”？生命到底是什么？当失去一切做人的乐趣，失去了亲情，失去了尊严，失去了快乐，乃至失去了痛苦——那顽强地耗尽人生命最后一息的力量，我们还应赞颂其为伟大的生命力吗？对这样的生命力我们应该讴歌还是诅咒？

世上最神秘的莫过于生和死。生，令人满怀欣喜和希望；死，则令人悲痛和恐惧。

万物恋生。我认识一位身经百战的老将军，他见过无数生死瞬间，后来身患癌症，临终前的最后一声呐喊是：“我要活！”随即吐血身亡。还有一位阿姨尿毒症晚期，我去医院看她，她拉着我的手说：“我还没活够，想活啊！”眼里透着孩子般的真诚和渴望。

然而死亡真的那么恐怖吗？

前些年，我曾读过一本书叫《追逐日光》，是一本探讨生命意义的书，我认真读了（或许是因为母亲患病，这些年我对生命问题格外关注）。

该书作者曾是世界著名的会计师事务所毕马威公司的首席执行官，依照当今的价值评判，他可以说是世界上显赫的成功人士。不幸的是，2005 年 5 月，作者被诊断患上了最险恶的癌症，并被预言只剩下三到六个月生命。当作者知道了这一切，他并没有怨天尤人，反而以一贯的职业精神，开始做最后的人生计划。本书记述了他最后的生命旅程及心路历程。对于苦苦思索生命意义的我来说，这样一本书带来了不小的震撼。

书中借用苏格拉底的话说："在人的宿命之中，死亡或许是最好的一种安排了。但是人们却畏惧死亡，好像他们完全洞悉死亡乃罪恶之极一样。明明是自己没有参透命运，却佯装洞知一切，这种无知是不是有些荒诞可笑呢？"作者认为自己很幸运，可以预知死亡并在生前参透它。作者对"死"发出了质疑：人生的尽头非得是最灰暗的吗？为什么不能给生命最后的岁月添上一些亮色，甚至让它成为人生最美妙的时光呢？于是，他为自己策划了葬礼，甚至准备好了葬礼发言，届时请他人宣读。终于，作者按照自己做的计划，一步一步走完了最后的人生之路，"完美"地于当年9月逝世。作者去了，却给世人留下一本极具冲击力的人生笔记——追逐死亡，宛如追逐日光。

大学问家季羡林先生（1911—2009）享年九十八岁，自他八十岁起，便开始阐述自己的生死观。

纵浪大化中，不喜亦不惧。
应尽便须尽，无复独多虑。

这首陶渊明的诗，季先生曾在《八十述怀》一文中引用，此后到他辞世的十八年时间里，他在多篇文章里又反复引用，他说自己"就是抱着这种精神，昂然走上前去"。

而受人尊敬的杨绛老人在她百岁时曾这样说："我今年一百

岁，已经走到了人生边缘的边缘，我无法确知自己还能往前走多远，寿命是不由自主的，但我很清楚我快‘回家’了。我得洗净这一百年沾染的污秽回家。我没有‘登泰山而小天下’之感，只在自己的小天地里过平静的生活。”

有时我想，死亡恐怕是世界上最平等的事情了。无论王侯还是百姓，无论高贵还是卑贱，在死亡面前都是平等的。

无论怎样，目前，死亡对于母亲都已经不是问题了。

也许是因为一辈子体弱多病，母亲本来就对生死看得很淡。患上阿尔茨海默病前，母亲每年冬天都要犯哮喘，一次她说，再这样下去，就自己结束生命。后来也多次表示，活就好好活，死就痛快死。如今，母亲已经无力掌控自己的命运了，她没能实现“好好活”，也无力去完成“痛快死”，生命就像一缕袅袅余烟，来自一抔看不到任何光亮的灰烬，那灰烬绝无复燃的可能，却保留着恒久的热力，就这样不疲不倦地释放着。对于母亲，死是容易的，活着却更难。母亲的世界里还剩下什么？甚至，她自己是否知道，她是活着，还是死了？

母亲已经不能给我任何答案了，唯一值得安慰的是，我笃信母亲虽然没有了生的快乐，却也一定没有死的恐惧，她必是真的无喜无惧了。有人说，清醒状态下离世可以拥抱灵魂，而我的母亲灵魂早已离去，只有身体还留在这个世上，在混沌中走向死亡。

2014年11月×日

今年是什么年，怎么总是纠结在“生死”问题上？

前些日子，我一位朋友的先生突然去世了，刚刚五十九岁，正值年富力强之时。朋友说，她先生平日里没有任何疾病，每年体检都没有什么问题。那天早晨六点多钟，到了平日起床的时间，他突然在睡梦里大叫一声，朋友以为他在说梦话，还回应一句，该起床了。可是之后半天不见动静，走近一看，人已经没气了，没有任何先兆，说走就走了，医生说，是心脏猝死。

我陪朋友在颐和园散步，听她倾诉对丈夫的思念，陪她落泪，感叹生命的无常和不可思议。我们都是凡人，无法预知死亡何时降临，为什么而降临。有人很老了，且卧病多年，我们都以为他要走了，可是他却活着；有人活得好好的，正在大展宏图之际，却突然说走就走了。如此说来，我们每个人都是“向死而生”的，我们无法参透什么是“死”，所以也无法真正理解什么是“生”。

我想起另外一个猝死的例子，那是中国著名数学家华罗庚（1910—1985）老先生的事情。1985年我就职于中国国际友好联络会，那年初夏，“友联会”安排华老去日本访问，这期间他应邀到日本东京大学做学术报告，同去的同事说，他讲得棒极了，全场反响热烈。演讲结束时，雷动的掌声中有年轻学子献花，华老接过鲜花的一刹那，忽然缓缓地倒在了讲坛上，脸上带着幸福的微笑。这真是最辉煌的死亡了，我第一次知道，人可以这样圆满地走向彼岸。

当然，同是猝死，朋友的先生就走得太早了，实在令人惋惜，他怎么可以如此潇洒离去？从某种意义上说，猝死也许对本人未必是一件坏事，但却会给身后的亲人留下无尽的哀思和痛苦。

死亡是什么？它真是人生的终结吗？浪花形成于水，假设浪花是生命，当它破碎回归于水时，作为浪花的生命就终止了，然而水还在，水有生命吗？人呢？形成人的元素是什么？人死后回归于哪些元素？作为人的生命终止了，那些元素呢？它们还活着吗？

平时，我们只想如何活着，却很少想过如何死亡，很少想何谓善终。长寿是善终吗？无疾而终是善终吗？还是自己有能力掌控生死才是善终？

2012年秋天，南怀瑾（1918—2012）大师离世，据说他是在知道自己病入膏肓并且无可逆转时，用入定的方式走向涅槃的。尽管大师不能自行决定寿命长短，但却能在某个时点自己结束生命，这样是否可以视为人生圆满呢？

我一位朋友的父亲，是在一顿晚餐后平静离世的，享年九十岁。这位老人生于晚清世家，早年在日本留学期间参加了革命，受巴金《家》《春》《秋》影响，娶了家里丫鬟为妻，夫妻恩爱一生。这位大家公子一辈子活得从容乐观，直到晚年还出门下馆子、进影院，生活过得有滋有味儿。认识他的人都说，老爷子能活过百岁呢。老人写了一本自传，刚刚拿到手里的第二天就走了，吃晚饭时还好好的，吃过饭就走了，没受一丁点儿罪，人说这是前世修来的好福气。

生得愉悦，死得坦然，我的母亲没有这样的福气，她历尽了人世间的痛苦，然后又把死亡的过程一点点展现在人前。她并不急于离开这个世界，却一直游离于世界之外，没有生，也谈不上死，我觉得她已经进入了一种无生无死的永恒状态。

2014 年 11 月 × 日

也许是因为我在父亲眼中看到了太多的绝望，今天回家时，我带上了豆豆，想给父亲的生活增加一点点生命的色彩。豆豆是我养的一只贵宾犬，善解人意、活泼可爱。

“你养这东西干啥玩意儿？”父亲嘟囔着，却很快被豆豆那萌萌的憨态吸引，忍不住俯下身去逗它玩。

父亲很粗鲁地拨弄着豆豆的头，我告诉豆豆，这是老爷爷，是自家人。豆豆便很懂事地任老人摆弄，乖乖的一点儿也不拒绝。

“它还跟我挺亲嘛。”父亲满意地说。

离开时，父亲对我说，你这阵子老问我过去的事情，我想，干脆写一个自传留给你们。

好主意！父亲做事情一向十分投入，有事情可做，父亲忧郁的心情必将得到缓解。我很感激上天让老父亲拥有这样的爱好和能力，记得 20 世纪 80 年代，父亲快退休时，一位叔叔对我说，我很为你爸爸担心，怕他退休之后闲出病来。其实当时我也挺担心，如果让他停止工作，他的晚年生活中还有哪些乐趣呢？没有想到退休之后他又拿起了笔，不知是什么契机，他开始应邀写一些回忆文章，收集在一些文史资料和回忆录中，这充实了他的退休生活。后来，因为眼睛不好，因为衰老，也因为母亲生病，他已经多年没有动笔了，如今又想拿起笔来，未必不是一件大好事呢。

第十一章 * 2015年

伤离别

把母亲的遗体送到八宝山殡仪馆时，天色已经暗下来。天空中飘洒起稀稀疏疏的雪花。

“下雪了？”哥哥说。

“不会吧，天气预报没有雪啊。”

可是，真的有雪花在飞舞，小而轻柔。

2015年1月2日

2015年。母亲和我们一道进入新的一年，开始她人生第八十六年的旅途。

从今年起，我不准备再继续写“陪伴母亲日记”了。

母亲的生命已经没有更多的变化可以记述，不知从哪一天起，她似乎进入了一种恒定状态，双目紧闭睡在床上，好像和这个世界没有了任何关系，这状态今天重复着昨天，昨天又重复着前天，这一两年来天天如此。或许她就要这样一直睡到“彼岸”。这状态始于哪一天，已很难说得清楚。这样的情景糟糕，却不会更糟糕；未来的前景灰暗，却不会更灰暗，我想，母亲的病情不会再恶化了，因为已经没有了恶化的余地，生命走到这一步，一切都静止了。如果说普通人的生命是奔腾跳跃的浪花，那么母亲的生命就是凝固的熔岩，无论是在阳光下，还是在风雨中，岩石都不会轻易再发生任何改变，既没有活泼的生，也没有悲凉的死，生命就这样凝固，凝固在一个既没有欢乐，也没有痛苦的世界里。

这些年来，我几次感觉母亲即将离去，然而多少年过去了，母亲依旧在我们中间，虽然几乎失去了全部的生存能力，但是结局何时出现完全不在我们掌控之中。如今我已想象不出，母亲将会怎样离开我们。望着病榻上的母亲，我甚至觉得她已经超越了生与死的界限，完全进入了不生亦不死的混沌状态，母亲和我们，都习惯了这种状态，我甚至觉得这种状态会一直延续到永远。我不再想到母亲已近临终，不再意识到她就在死亡的边缘，因为我确信，她的灵魂早已到了应该去的地方。近些日子，母亲的脸甚至越来越光洁，神态也越来越安详，生命好像在等待一次飞升。

不能想象如果某一天早晨，发现母亲已经停止呼吸，静悄悄地告别了这个世界，我会为她痛苦还是庆幸？我会感到哀伤还是伴随着轻松？尽管今天我已经无处寻觅母亲的微笑，但毕竟她就在我的身边，我随时可以看到她，一旦她化作一缕青烟，我又该到哪里去追寻她的身影？

我不确定，母亲当下的状态是否可以认定为植物人？植物人的标志是什么？关于身边的世界，母亲还有那些来自大脑及器官上的感知吗？

保姆说，其实母亲还是知道事儿的。比如尿床了，或者一个姿势睡久不舒服了，她就会哼哼几声；这时给她换了尿布，帮她翻个身，她会马上安静下来，这说明她还知道什么是舒适。此外，母亲对味觉也有要求，保姆说，她喜欢喝果汁，喂果汁总比喂饭来得顺利；而且对于不同的果汁，母亲的喜好程度也有所不同，梨汁似乎是她的最爱，而木瓜汁就略显一般了。这从吸食速度上可以区分开来。喜欢的食物，母亲吞咽得很痛快；

不喜欢的，母亲咽得很慢或者干脆不肯开口。还有其他什么吗？保姆讲不出了。我想，如果人的快乐来自大脑和感官，那么，这一切说明，尽管母亲的大脑已经停止活动，至少在感官上，她还能得到某种满足，在喝下果汁的那一刻，母亲应该是快乐的，尽管这快乐的起点低微，低微得令人叹息，不过至少她还能从进食中体会生命的需求和愉悦。知道了这一点，我的心里感觉稍许好过些。

但是，如果有感知，会不会就有痛苦？这又让我纠结和担心。在既非此岸又非彼岸的状态中游弋的母亲如果还有煎熬感，那么人世间绝对不会有比这种感觉更悲苦的事情了。这十几年，从记录母亲的生病过程，到思考母亲的生命归宿，母亲已经成为我心中一个永恒的话题。

有时我会想到一个很傻的问题：眼前的人，她还是我的母亲吗？曾经有一本书里说过：我，之所以为我，是被大脑所决定的。人因病换心、换肝、装义肢，该是谁还是谁，唯有大脑是不可替换的。母亲没有“脑子”了，这意味着我和母亲在精神上的纽带已被割断，但是我们还有血脉相连。尽管母亲失去了自我意识，她已经不知道自己是谁了，可是我知道，无论健康还是疾患，无论活着还是死亡，我们之间有一条永远割舍不断的亲情纽带——因为她是我的母亲。

就此搁笔，或许多少年后补记一句：“我的母亲于某年某月某日仙逝。”

2015 年 1 月 31 日　星期六

母亲走了，一周前。

母亲的忌日是 1 月 24 日。

今天是母亲的头七，家里没有任何仪式。父亲是位无神论者，他不相信这些。

母亲的遗像已经从墙上取下，放在橱柜中了，这也是应父亲要求做的。橱柜中还摆放着母亲的骨灰，安静地睡在金丝楠木的骨灰盒中，伴随在侧的是一个铂金的金鸡铜塑，那是父亲九十大寿时，我送给他的生日礼物，父亲属鸡。

“这是我，陪着你妈妈。”父亲如是说。

一切都回到从前，家里没有任何殡丧的影子，只是母亲的房间空了，连她睡过的病床也被搬走了。

这一切发生得太快了，令人猝不及防。

1 月 24 日清晨，我被电话铃叫醒。天还没全亮，听筒里传来嫂子的声音：“妈发烧了，我和你哥正在回家的路上，保姆说妈有痰咳不出来，你去买个吸痰器带过来。”

我赶紧出门，敲开了一家贴着“24 小时营业”的药店的窗口，买了退烧药和吸痰器，急急忙忙向家里赶。路上又接到哥的电话，说他们已经到家了，妈的烧好像退了，他们准备出去吃早餐。

我回到家，摸摸母亲的额头，果然已经不热了，只是喉咙还在“呼噜呼噜”地作响，测量体温却仍然是三十九度五。来不及多想什么，马上给母亲吸痰，保姆小张曾在医院做过护工，她拿出我刚刚买来的吸痰器，很麻利地放入母亲口中，还真的一下子吸出了许多痰液。

吸出痰后，母亲马上安静了，并且很快睡着了。这一切是如此立竿见影，效果快得让人难以置信。小张长舒一口气，她陪母亲折腾一夜了，看母亲睡得安稳，她说：“昨晚要是能这样睡一会儿多好啊。”

小张说，今天早上母亲只喝了半碗奶糊，这仅是平日饭量的一半。我让小张榨了一碗母亲最爱的梨汁，看着母亲一口、一口认真地喝下去，我心里涌出一种感动，病成这样，母亲对生命的态度依旧一如既往地认真。喝过果汁后，我给母亲服了退烧药和消炎药，我想高烧不退必有炎症，肺炎？尿路感染？现在还搞不清楚，但是不管怎样，都先消了炎再说。这几年来，对于做这些事情，我似乎已经十分有经验了。做完这些事，我拿出两个小冰袋，用毛巾包好，放在母亲腋下物理降温，然后安顿母亲重新睡下。

一个小时过后，我再次给母亲测体温，依旧是三十九度，只比先前降了一点点。摸摸母亲的脸，一点儿也不烫。难怪哥哥电话里说，母亲的烧退了。看着母亲表情平静地睡在床上，我真的觉得奇怪极了。

小张一直在讲人临终前的表现。

“大妈还不到时候，大妈还没开面呢。”

我问什么是开面。

她说，人要走时，面部皱纹都会打开，“你看，老太太还有这么多皱纹没打开，她还不到走的时候。另外，我们老家有一句话，叫人走不带灾。人走的时候，所有病呀灾呀的都会离身。你看老太太身体还蜷缩着，人快走时就会舒展开。我试了几次，看她是不是可以伸直了，不行，她还较着劲呢。”

我没工夫听她瞎扯，也来不及多想什么。其实这一段时间老太太的脸一直很光洁，她的表情甚至是圣洁的。

母亲的生命到底处于何种状态？高烧，摸着却不热，会不会出什么问题？她自己不会说，我们也无从判断。我心里不踏实，于是跑到小区门诊部去请医生。

医生一听说高烧三十九度，第一个反应是：“打120啊，赶紧送医院！”我介绍了母亲的情况——母亲已经处于半植物人状态，她佝偻的身体已无法伸开，她不能配合医院的任何检查，最重要的是母亲经不起哪怕是很微小的折腾，不到最后万不得已的时刻，我希望母亲留在家里保守治疗。听我这样说，医生便随我回到家。他为母亲做了初步检查，肺部呼吸较粗，但没有明显感染迹象，血压140/80，心率80，生命体征并不那么坏。

我给医生看了刚刚给母亲用的药，他表示认可。面对母亲的实际情况，他也认为不必马上去住院，可先在家保守治疗并密切观察。他说星期一会派人来出诊，届时给母亲做一个血和尿的检查。

吃午饭时，母亲睡得正香，她昨晚折腾了一夜，并且刚刚喝过果汁，我们决定先不给她喂饭了，我叮嘱保姆下午两点左右，做点蛋羹给她吃。我们轻描淡写地告诉父亲，母亲发烧了，现在已经退了，不要紧。

午饭过后，按照平时惯例，我们应该各自打道回府，让父母午睡。今天，走还是不走呢？走，母亲的烧还没退，担心出什么意外；不走，怕父亲起疑心。因为谁也无法判断，这是不是母亲的最后时刻；之前有过多少次，母亲都这样和死亡擦肩而过。和哥嫂商量，最后决定：我们先像往常一样撤退，待父母午睡过后嫂子再回来，一旦有情况立即通知大家，好在他们家离父母家很近。

我回家后心里总是不踏实。这几年母亲发烧过多次，每次最高不过三十八度，吃点清开灵泡腾片之类的小中药，很快能见效。这次似乎与往次不同，烧得这么高，来者不善啊。是肺炎吗？医生说不像肺炎，因为没有啰音，只是呼吸气息较粗而已。那么是尿路感染吗？记得很多年前，宣武医院的医生在诊断母亲患了阿尔茨海默病时曾说过，这类病人最后多死于尿路感染。我当时很奇怪，脑子的病怎么会和尿路联系在一起，但当时也没有问清楚。无论是哪种炎症，现在消炎药已经用上了，医生说我给母亲服用的是第三代头孢，已经是很好的消炎药了，然而母亲还能吸收吗？另外比较诡异的是，人发烧时脸会很烫，母亲的脸却是温凉的，如果光摸额头，断然不会相信她在发烧，这又是什么道理呢？我坐不住了，给一位医生打电话，电话通了却一直没有人接听。不如上网查查吧，我刚刚打开电脑，电话铃响了，是嫂子打来的。

“你快回来吧，妈妈情况不好。”

十分钟后，我还在回家的路上，又接到嫂子的电话：“妈妈走了。”

回到家里，哥哥、嫂子都在客厅，父亲在看报，他们还没有告诉他母亲过世的噩耗。

我径自冲进母亲的房间。母亲躺在床上，很安详。我拉起母亲的手，手还热着，摸摸脸，微凉。真的就这样走了？这些年，我似乎早已习惯母亲“无死亦无生”的状态，她每天躺在这里，没有任何活动，也没有什么消耗，似乎就会这样不妨碍任何人地活下去，可是她还是走了。

事后听小张介绍说，那天下午两点钟，她做好了蛋羹喂母亲吃，母亲吃了一半，突然大叫一声，就开始喘粗气，这时正好嫂子进门了，大家手忙脚乱地给母亲拍背抚胸，可是这次她却没有像以往一样缓过劲来——真的是回天无力了。

父亲听到母亲去世的消息大叫一声，号啕大哭着踉跄起身，向母亲的房中冲去。哥哥和侄儿一边一个，架着父亲来到母亲床前。

一场呼天抢地的恸哭是意料中的事情，让父亲痛痛快快哭吧，这么多年他不离不弃地陪伴，心中积压了多少抑郁、多少焦虑、多少痛苦！母亲已有七八年不和人交流了，这三四年更是基本处于植物人状态，那种看着最爱的人在痛苦中煎熬却无能为力的无助、只有付出却得不到丝毫回应的忧伤，没有亲历的人是无法想象的。

把母亲的遗体送到八宝山殡仪馆时，天色已经暗下来。天空中飘洒起稀稀疏疏的雪花。

“下雪了？”哥哥说。

“不会吧，天气预报没有雪啊。”

可是，真的有雪花在飞舞，小而轻柔。

母亲生于冬季，去亦在冬季，虽一生体弱多病，却冰雪聪明。眼前这柔弱的小雪花，是母亲给我们的最后一缕信息，还是老天爷无言的喟叹？一个曾经那样美丽鲜活的生命，在经历了人世间最残酷的病痛折磨之后，终于得到了解脱。

殡仪馆的工作人员推走母亲遗体时，我感到一阵撕心裂肺的疼痛。母亲生病后期，我曾多少次迷惑，看着躺在床上无知无觉的母亲，不知道母亲是这样活在世上好，还是到另一个世界和自己的爹娘团聚好。今天母亲终于走了，生死两隔，我突然迸发出不舍：母亲给了我生命，我血管里流淌的是她的血，我身上的每一个细胞都是她生命的延续！母亲活了八十五岁，如果我还有二十余年的生命，我该如何去生活呢？我喜欢母亲年轻时的美丽清纯，欣赏母亲中年时期的宁静淡泊，但是母亲的晚年实在令人不寒而栗，我决不要走母亲的老路，我要过充实有质量的生活，过健康有尊严的生活，过快乐有意义的生活，非如此，我宁愿打碎自己去追随永远的黑暗。

1 月 25 日晨，母亲走的第二天，我早晨七点起床出门，楼门前一片薄薄的白雪铺地。雪是刚刚下过的，上面还没有留下一个脚印。看看天，半云半晴，今天的天气预报也没说有雪啊！

我小心翼翼地踩着白白的雪地，绕过楼向院中走去，眼前的情景又一次令我惊讶：院子里没有任何下过雪的痕迹！这是怎么回事？楼前楼后两重天？是母亲吗？是母亲又化作雪花来告别吗？在世上最后一段日子里，母亲经历了最无奈和最不堪的困境，从无助到无果，从挣扎到狰狞，如今终于解脱了，她化作最洁白的雪花来告诉我们，她自由的灵魂原本是这样圣洁和美丽。娘啊，我懂你了。安心去吧，回家，那里有最疼爱你的亲人。

简单的送别仪式安排在 1 月 28 日。我们没有通知任何人，只有妹妹一家从日本赶了回来。我们全家人安安静静地送走了母亲。选择哀乐时，我无意中选择了一首乐曲，那轻灵、那纯净、那天籁般动人的旋律，让我一听倾心，它最适合伴送母亲远行，意外的是，这乐曲名字竟然就叫《初雪》，这又是一次巧合吗？

应父亲要求，母亲火化之后，骨灰我们带回家了，就摆放在父母卧室的橱柜里，那本是母亲放衣物的地方。父亲说，等他走后，骨灰要和母亲的一道撒掉。

进入2015年时，我曾在日记中写过，我今后不准备再写“陪伴母亲日记”了，直至母亲逝世再补记最后一句。没有想到，还未走出一月，这句话竟一语成谶，母亲以自己香消玉殒的终结，急急忙忙地给这个记录画上了最后的句号。

陶渊明诗曰：亲戚或余悲，他人亦已歌，死去何所道，托体同山阿。

呜呼，安息吧，娘！

2016年8月初稿

2017年8月改定

后记

十五年间，我断断续续地记录着母亲生病的全过程。时而详细，多是在母亲病情突变、生活陷入混乱的时刻；时而疏略，多是因适应了变化，阶段性找回了生活的节奏。最后一两年，母亲几乎不再给我们增加任何麻烦，可是看着父母暮年凄楚的日子，心灵不能不继续为之纠缠、苦痛。

如今这一切都已经成为回忆。回望母亲的病中时光，好长好长的一段岁月啊。那些在尊严和生命、感情和理智、亲情和压力中痛苦挣扎的日子，竟然就这样飘然而去了，并且似乎在一天天远离我们的视线。

我曾把尚未完成的“陪伴母亲日记”拿给朋友看，他看后对我说，我很庆幸自己没有患阿尔茨海默病，得什么病都不怕，哪怕是得癌症，就是不要沾上这种精神绝症。我以为他所言极是，这种失去灵魂的痛苦与“无痛苦”，亲属因此承受的压力与“无压力”，最是煎熬。可是，万一患上了又能怎样呢？阿尔茨海默病既然是一种疾病，就和其他任何疾病一样，是生命不可回避的一部分，病魔令人诅咒但患者并不可耻，护理过程漫长但也无须过度恐惧，只要理解这是一个可以、也必须承受的渐进过程，只要用亲情和爱心去面对，早晚都会扛过去。而且，除了面对之外，你也别无选择。

人生是一次旅行。在这条始于偶然、结束于必然的生命单行道上，什么都会发生，也什么都会过去。母亲在“与病共舞”十五年后，终于解脱了，她静静地走到了生命的终点。母亲去世一年后，父亲也去了，他们在彼岸团聚。

我们还留在世上，继续走我们的路。人世间天天都在发生着生老病死、喜怒哀乐的故事，每个人以及你们的家庭，愿你们安好，也愿你们面对。无论发生了什么，坚定地走过去便是。

怀念依然留存在我们兄妹心里。

母亲走后第二年，忌日那天，哥哥发来一条短信：“今天，母亲走一年了。”短短的几个字，我的心啊，一下子被塞得满满的。

我去日本妹妹家做客，门厅显著位置摆放着母亲的照片。妹妹说，母亲走后，她觉得自己离母亲更近了，似乎又找回了从前那个慈爱的母亲。

没想到，我们姊妹的感觉是一样的，母亲并没有远离。

感谢广西师大出版社文艺分社总编多马、编辑张小彩，以及几位未谋面的编辑，他们对书稿提出许多中肯意见与建议，通过他们的修正、校订及美编设计，本书得以以最好的形态，呈现在读者面前。

2019 年 4 月